UN ROMAN ESTONIEN

KATRINA KALDA

UN ROMAN ESTONIEN

roman

GALLIMARD

CHAPITRE 1

Ceci n'est pas mon histoire. Elle appartient à Charlotte et à August, à Anna, la nourrice et cuisinière, à Carlotta aux cheveux roux, à Mart, auquel on prédit, le jour de sa naissance, qu'il ne saurait jamais marcher, à Alice qui n'eut pas le temps de naître, à Max, trop tôt disparu, qui fut pleuré par sa petite amie, à Helmut, l'abject espion amoureux de sa compagne ; un peu, malgré eux, à Fritz, à Eerik, et par bribes même à Karl, le marchand ambulant, qui un jour peignit en bleu la vieille charrette à bras où il trimbalait des livres et des chandeliers.

Cette histoire n'est à moi que par ricochet, parce qu'un jour August en décida ainsi. Elle ne l'est que par un effet de style, mais maintenant que Charlotte a répudié August, l'a condamné puis lui a pardonné, et qu'August a pour toujours renoncé aux histoires, c'est à moi qu'il incombe de la raconter. Je ne suis pas comme August un conteur professionnel. Ne m'en veuillez donc pas si j'affabule, car dans l'intervalle, cette histoire s'est élimée, elle s'est égarée dans la chênaie du temps. La guerre froide, le velours chaud des révolutions, les chars soviétiques et les chars allemands se mettent bruyamment en travers de ma mémoire. Il est probable que Charlotte et August eux-mêmes ne s'y reconnaîtraient pas s'ils l'entendaient. Mais après tout, cela ne doit pas nous étonner. Cette histoire a échappé à ceux qui l'ont vécue, ses personnages s'en sont détachés, comme nous nous dissocions tous de ce que nous fûmes un jour ; comme le passé rapidement se patine en nous pour ne garder après quelques années qu'un rapport ténu et fragile avec nous-mêmes, un air de famille, une ressemblance mélancolique ; comme les pointes séchées des chardons en hiver ressemblent à peine, brunes, acérées et couvertes de givre, aux fleurs bleues insolentes qu'elles furent trois mois plus tôt.

Cette histoire a eu lieu il y a neuf ans, l'été mémorable où les pics de chaleur avaient flétri dès juin les fanes de pomme de terre et où Charlotte portait au beau milieu des champs son grand chapeau noir de cérémonie, à voilette noire, plume noire et à bord si large qu'August avait du mal à voir ses yeux. Comme vous, je n'aime pas les récits qui s'éternisent. C'est pourquoi, bien que Charlotte ait été enfant, ait porté des socquettes et des robes à col rond, qu'August ait connu l'humiliation du nez qui coule, les genoux écorchés et les camions en bois, je ramasserai les faits en une saison, d'avril à septembre 1996, l'été où Charlotte connut August et où August devina si peu Charlotte, l'été des chapeaux chimériques et des vipères, qui vit d'abord la gloire puis la chute d'August, la dégringolade du haut de l'escalier.

Mais avant tout : qui suis-je pour vous parler d'August, pour m'approprier cet été passé, où tout se noua puis se dénoua parmi les pointillés noir et blanc des bouleaux, les groseilles trop mûres et l'air marin ? Que ceux qui ne sont venus ici qu'à cause de leur souvenir de Charlotte et d'Eerik sautent directement au chapitre suivant où sont décrits les débuts d'August au journal. Pour les autres, écartons le rideau opaque et regardons par la fenêtre de l'appartement.

Il fait noir ; ça glisse, les piétons trébuchent et se retiennent au panneau de stationnement. On a jeté du sable et du sel sur la chaussée. Pourtant, ce que vous entendez là-bas, c'est le grincement du vélo de l'apprenti couvreur qui se rend chez sa petite amie. Les roues chuintent doucement en écrasant la neige. Il passe devant les ormes dépourvus de feuilles, devant l'entassement de maisons en bois, aux lattes découpées comme des rubans, aux angles jamais parfaitement droits, aux annexes ajoutées sans discernement, qui trafiquent un fouillis de formes irrégulières. À l'angle de la rue, le lampadaire éteint fait encore semblant d'éclairer le trottoir. Un trou à la place de la maison du boulanger. Les Russes, les Allemands, encore les Russes, sporadiquement les Suédois ont fait le guet dans les venelles de la vieille ville comme des chats tapis près de souricières. En partant, les Russes ont brûlé l'aciérie. Les Allemands, en arrivant, ont démoli les casernes bâties par les Russes. Les Russes, en revenant, ont reconstruit, c'est-à-dire détruit pour construire autre chose, et parfois l'autre chose ne fut jamais construite. Dernièrement, les Finnois et les Italiens sont venus à leur tour acheter, construire et vendre, les valises pleines de billets indexés sur le dollar. Et perpétuellement, entre les remparts, les clochers en oignon des églises orthodoxes, les carottes pointues des luthériens, les carrés de pomme de terre des maisons bourgeoises se combattent, essayant de s'écraser, donnant aux oignons un goût de pomme de terre et aux pommes de terre une couleur carotte, faisant mijoter une soupe indigeste dans laquelle les nuages de crème occidentaux se mouillent l'ourlet à contre-cœur.

J'atterris dans ce bouillon urbain en septembre de l'année

1984, dans ce faubourg aux prétentions de capitale où les quartiers centraux à tourelles et à clochers ressemblent à des quartiers périphériques et les banlieues aux quartiers centraux. J'étais né au sud de l'Estonie (collines bien aplaties, fermes éparpillées) car à l'époque, le terroir était à la mode. Magda, ma mère, et Alfred Alassar, mon père, s'étaient rencontrés grâce aux bons soins d'August en décembre 1952 — avant la mort de Staline, le XXe Congrès et la chaussure de Khrouchtchev sur la table de l'ONU —, si bien qu'avant même d'avoir vieilli, ils furent reclus dans le passé, figés dans la gélatine des années noires. Mon vrai nom bien sûr n'était pas Théodore, ces gens de la campagne n'y auraient pas pensé. C'était plutôt Sass ou Jaan, mais August, sans craindre l'invraisemblance, usa de ses privilèges de parrain pour faire de moi un familier des dieux, me sortit d'un destin qui me vouait aux pommes de terre et, sous prétexte de me faire étudier l'allemand, m'installa près de lui dans la capitale, non loin de l'usine de sardines à l'huile dont les conserves seraient assez célèbres un jour pour voyager dans la plupart des pays d'Europe, et, sous forme de colis d'aide humanitaire, en Afrique et en Asie.

August manquait d'imagination. C'est pourquoi il m'avait logé ici, rue Kalasadama, au second étage d'un vieil immeuble, dans l'appartement qu'il occupait alors. Les maisons puaient l'écaille de poisson et le sel, les trottoirs s'enfonçaient peu à peu dans la chaussée, des pommiers poussaient à travers l'asphalte, qui semaient autour d'eux des pommes d'hiver à la peau blanche comme neige, au cœur noir comme l'ébène. En octobre, les pommes tombées se mettaient à fermenter ; en novembre, elles gelaient et devenaient dures comme des cailloux sur lesquels les chiens errants se brisaient les dents. Les invités se perdaient systématiquement à cause de l'absence d'éclairage urbain et de rues qui tournaient de façon inattendue, enclavées entre les rails du tram n° 3 et deux ponts de chemin de fer à demi désaffectés. Certes, j'aurais pu tomber plus mal. D'autres, comme Kaspar Hauser, avaient séjourné des années dans une cave ; on signale des personnages illustres, remarquables, cohabitant dans des bureaux, des banques, des officines avec toute une clique de secrétaires, de comptables, de machines à écrire Underwood, de femmes de ménage à la croupe amollie qui passent distraitement la serpillière le soir et fouillent sans vergogne dans les corbeilles à papier. C'est donc là, parmi les odeurs de cidre et de poisson, que je posai les bagages, à mon arrivée, entre le buste de la Vénus ressemblant à une meringue et la chaise à dossier haut de style Luther. August fumait des cigarettes qui remplissaient d'un brouillard fétide la véranda où la clématite grimpait sur son grillage comme une ficelle interminable, dégarnie l'hiver mais monstrueuse l'été. Il laissait ses chemises traîner dans le salon, faisait fondre le savon à barbe dans l'évier et se considérait, malgré ma présence, comme le seul occupant légitime de l'endroit.

Il est responsable de tout ce qui arriva.

J'en veux encore à August d'avoir choisi pour moi ce moment et ce lieu. J'étais fait pour vivre dans les métropoles, dans le jour permanent des capitales européennes, la bousculade moite des grands magasins. Je fus limité à la sardine. J'aurais du moins pu paraître à Tallinn quand cette ville comptait encore pour quelque chose, produisant de grands Vikings aux cheveux blonds, aux barques insubmersibles et à la poigne de fer, ou débordant de monstres médiévaux.

À la place, on m'octroya la neige et la boue, le dentifrice

slovaque parfumé à la menthe, la pénurie de viande, les sous-vêtements aux coupes informes, les files d'attente qui sillonnaient la ville et plus tard les tickets de rationnement : j'avais été conçu à l'heure pour voir la chute du Mur, le printemps des peuples, les premiers pas de l'Estonie vers l'indépendance (ou si l'on préfère vers la fin de l'URSS, qu'aucun de nous n'avait prévue, et que la vieille Europe, de l'autre côté du Rideau de fer, observa d'un œil ému et condescendant). Je ne vais pas paraphraser les manuels d'histoire, allez vous-mêmes y vérifier les dates et les noms, si tant est que l'histoire n'ait pas déjà changé, ni englouti tous ces événements. Pour le moment, la bibliothèque étant fermée, écartons-nous de la vitre et résumons. Je naquis donc, déjà âgé de dix-neuf ans et ne fus pas astreint aux années d'école, possédant cependant le savoir nécessaire, voire, en prime, la culture superflue ; je ne connus que brièvement mon lieu de naissance, différenciai à peine le chou-rave du navet, arrivai directement à la capitale, dans cette minuscule excroissance de l'Europe, cette verrue sur le nez du Vieux Continent que personne ne connaît ni ne veut connaître ; je fus placé d'emblée à la droite du Père, surgis sans crier gare de l'esprit d'August, qui, avec son médiocre talent d'écrivain, me campa aussitôt pour les besoins de son feuilleton en espion-patriote-héros de la dissidence, bref fit de moi un d'Artagnan à contretemps. Plus tard, seulement, nous goûtâmes aux beignets de sauge et aux cheveux roux qui s'échappaient par mèches des coiffures compliquées de Carlotta.

Maintenant que l'essentiel est dit : silence ! Je dois tricoter sans me tromper les années passées et celles qui ont suivi, la préhistoire de Charlotte avant August, son histoire ancienne, dissimulée, et l'histoire en plein jour que connut August, la fin d'August et celle de Charlotte, qu'August ne fut pas en mesure de voir. Je dois détricoter un peu de mon présent pour y insérer des boucles du passé. Je démêle ; la laine s'accroche et s'enroule sur les aiguilles. Je compte, je tricote, je détricote.

CHAPITRE 2

Tout remonte à l'hiver 1994. Un hiver excessif, glacial, indifférent, dans lequel on est forcé d'avancer voûté, le nez emmitouflé, les yeux au sol, pour offrir moins de prise aux rafales de vent. Un hiver d'attente et de déceptions, d'effervescence et de renoncement. Le 14 février, en dépit ou peut-être à cause du froid, August sortit plus tôt de son travail, ne rentra pas chez lui, monta vers l'Assemblée, où les lustres étaient allumés et le chauffage poussé à fond.

On fêtait l'anniversaire de l'indépendance, la première, celle de 1920. Peut-être ces dates n'évoquent-elles rien pour vous, peut-être êtes-vous comme moi réfractaire à l'histoire, mais n'attendez pas que je vous explique tout cela. Consultez plutôt les brouillons d'August, qui, préparant la trame de son roman, avait consigné ce fatras de dates et entassé autour de son bureau des montagnes de notes indéchiffrables, scrupuleusement recopiées à la bibliothèque. Pour être exact et ne pas déformer les faits : on célébrait l'anniversaire du manifeste qui, en février 1918, bien avant les fusils et les trains blindés, proclamait ingénument l'indépendance de l'Estonie — cette petite province de l'Empire russe — par un papier placardé sur les murs de la ville et lu devant une poignée d'hommes. Le papier n'eut de valeur officielle que bien plus tard, quand les fusils, les grenades et les trains blindés se furent à leur tour manifestés. Plus tard encore, on en fit des tableaux et des poèmes, tordant ainsi, comme c'est l'usage, le cou à l'histoire pour que les jeunes générations s'extasient sur le passé, et regrettent de ne pas avoir pu prendre part à des événements si exaltants.

Voici donc August dans le grand salon blanc, sans coupe de champagne ni petits-fours, à attendre quelque chose — il ne sait pas quoi — la pointe des pieds (à peine) tournée en dedans, le corps légèrement penché en avant, détails imperceptibles que les jeunes femmes qui l'observent à la dérobée perçoivent intuitivement, ce qui les conduit à esquiver August pour rallier les hommes à gilets, plastronnants, sottement fiers de leur costume, qui leur fait les épaules à angle droit. Les discours et la musique sont terminés. August garde les mains derrière le dos. Quand il est sûr que personne ne risque de l'entendre, il se racle la gorge et avale la salive qui s'est accumulée à la vue des petits-fours. Il hésite. Il prend la décision de s'en aller. Pourtant, il a bien été invité. Il s'approche du buffet froid, lorgne vers les petits-fours, s'avance encore, puis recule car un groupe de femmes bruyantes, suspendues au costume d'Eerik, se précipite en piaillant vers le buffet, le bousculant et manquant de lui écraser les pieds. À cet instant, alors qu'August est refoulé vers la région obscure, humide, suintante, où, à grands renforts de chagrins d'enfant, de vexations scolaires et punitions imméritées, s'est constituée la réserve d'émotions neurasthéniques qui se tapit et sommeille en chacun de nous, et où il se laisse gagner par l'amertume, le dépit, la honte aussi — car quel droit avait-il donc de convoiter les petits-fours ? —, se produit le miracle d'Eerik.

Eerik le prend sans doute pour quelqu'un d'autre, le confondant avec une connaissance, ou c'est l'effet du punch, du vin de cassis, ou de l'esprit patriotique qui flotte sous les plafonds de l'Assemblée et fait concurrence aux nuages en stuc. Quoi qu'il en soit, Eerik *reconnaît* August, et il tonne en direction des robes bouffantes : « Mesdames, voyons, voyons ! on ne bouscule pas un patriote ! » Aussitôt, les manches bouffantes à pois, fleurs ou carreaux, se taisent et se serrent les unes contre les autres pour échapper au courroux d'Eerik. August dit prudemment à Eerik qu'il se trompe, mais peu importe, Eerik l'a déjà reconnu. August ne sait pas qu'Eerik n'a jamais tort, qu'il n'est jamais le jouet de sa mémoire. Eerik avait une mémoire exceptionnelle et cette mémoire lui disait qu'il connaissait August. La mémoire d'Eerik se trompait, mais puisque Eerik était sûr du contraire, elle créa de toutes pièces le souvenir d'August qui, dès cet instant, exista en elle, eut sa place entre d'autres souvenirs, assez flous et imprécis, mais réels et susceptibles d'être convoqués. August lui-même eut une place dans le passé d'Eerik : disons qu'ils s'étaient vus à une réunion, à une manifestation, ou un meeting. August fut dès lors étiqueté comme dissident. Eerik n'avait pas complètement tort — ni raison, car il n'avait jamais rencontré August — mais chez lui la mémoire était une sorte d'instinct, et cet instinct lui suggérait ce qu'August n'aurait pas avoué lui-même, c'est-à-dire qu'il avait quelque chose à voir avec les groupuscules d'opposants au sein desquels Eerik avait joué un rôle majeur, à la fin des années 1980. Eerik posa deux ou trois questions à August et fut peut-être étonné de son mutisme, mais après tout la posture de son interlocuteur signalait un garçon particulièrement timide. Il entreprit donc de faire boire August.

Je reprends : Eerik serre la main d'August, puis ordonne à la demoiselle en robe à fleurs d'aller lui chercher un verre de punch ; les dames se précipitent vers le buffet ; elles en reviennent avec champagne, punch, canapés, et gavent August de petits-fours.

Ensuite, peu importent les détails. Ce fut la conversation banale, convenue et ennuyeuse de gens qui ne se connaissent pas. Mais le journal ? Le feuilleton ? Le journal vint en son temps. Quand les canapés furent épuisés, et August déjà un peu ivre, Eerik l'interrogea sur sa profession ; August dut répondre, honteux — encore ! —, qu'il était caissier dans un cinéma. Eerik, que la réponse ne satisfit pas, hocha la tête, réfléchit, puis le planta là pour revenir accompagné d'un homme à grande moustache qu'il présenta à August comme monsieur T., très honorable directeur du *Tänapäev*, le plus ancien et le plus lu quotidien d'Estonie. Que put faire le très honorable M. T., sinon donner sa carte de visite à August et l'assurer que son bureau lui serait ouvert ? Eerik détenait une bonne partie des actions du journal ; il était un grand industriel et un membre du parti du Front populaire avec lequel T. aurait à en découdre un jour.

En attendant, la soirée n'étant pas terminée, August se sent tout petit devant Eerik qui a quatre médailles sur son costume et autant de femmes pendues aux bras. Il se sent tout petit et reconnaissant. Eerik est peut-être étonné, lui aussi, de la générosité dont il a fait preuve, peut-être simplement pour plaire aux femmes, pour jouer à la grande âme, à l'homme supérieur, mais, pourquoi pas aussi, parce qu'il a pitié d'August et que ce jour-là, exceptionnellement, il s'autorise à être désintéressé.

Quant aux femmes, grâce à l'intervention d'Eerik, elles s'imaginent August en costume trois pièces, ne prêtent plus attention à ses pieds rentrés, oublient d'être agacées par ses gestes maladroits, le trouvent beau garçon, un beau garçon de vingt-huit ans, élancé, aux yeux marron un peu anxieux. Eerik, qui a déjà quarante-quatre ans, leur semble du coup un peu moins beau. Elles partagent leur amour entre August et Eerik, qui ne prend pas la peine de s'en formaliser, soit parce qu'il y en a assez pour deux, soit parce qu'il se considère comme le mentor d'August, de sorte que les conquêtes de celui-ci deviennent désormais aussi les siennes. On boit. On fume quelques cigares. L'orchestre jouant des valses et des polkas, les demoiselles se laissent inviter par August, qui danse mal, ne sait pas faire tourner sa cavalière, ce qui importe peu, puisqu'à leurs yeux, il est un morceau de passé, un jeune homme qui ne s'en remet pas d'avoir fait l'histoire, et d'avoir permis, par le sacrifice de sa jeunesse, que leurs futurs enfants grandissent en liberté.

Peut-être y avait-il du vrai dans tout cela. Peut-être August était-il un héros martyr ou simplement un jeune homme trop timoré. Pour ce qui est des femmes à manches trois quarts qui avaient le sens de l'hyperbole et qui tournèrent ce jour-là autour d'August, laissons-les croire au martyre et au sacrifice, rentrer chez elles, l'image d'August, beau, brun, encore en tête, lui ajoutant peut-être un costume seyant. Laissons-les faire l'amour en convoquant l'image d'August, en unions légales ou illégales, et tromper leur amant avec un héros, puisqu'elles n'en rencontreront pas d'autre, les dernières guerres étant finies, et le temps de l'héroïsme écoulé.

August pour sa part, sans femme à son bras, mais avec dans sa poche droite une carte de M. T., directeur du célèbre *Tänapäev*, dans la gauche une carte de M. Eerik Pall, industriel, propriétaire d'usines pharmaceutiques, regagna ce soir-là sa petite garçonnière, ivre, plein d'images de mollets et de hanches.

Ce que cela donna ensuite ? August se rendit au siège du journal, eut un entretien avec le directeur et obtint une place à la rubrique des faits divers. Il se montra longtemps inapte en tout, relations publiques, comptabilité, etc. On le fit passer d'un service à l'autre jusqu'à ce qu'enfin le rédacteur en chef, exaspéré, décidât d'exploiter ses incapacités pour faire de lui un écrivain.

C'est ainsi qu'un jour d'avril 1995 August ébaucha son récit. Il fixa en tâtonnant mon identité, me nomma successivement Arno, Anton puis Théodore, mit du temps à choisir le lieu de ma naissance, me fit tour à tour enfant de plusieurs mères ; tout cela n'empêcha pas que j'existasse. D'emblée une chose était certaine : je fus héroïque en actes et en pensées, car ces dispositions ne me venaient pas d'August, mais directement du rédacteur en chef qui décida d'accroître le nombre d'abonnés en insérant dans son journal un roman-feuilleton dont l'intrigue se déroulerait peu avant l'indépendance. Au début du mois de mars 1995, il commanda à August le canevas d'ensemble et l'ébauche du premier épisode. Et le 10 septembre 1984, date à laquelle l'action du roman commençait, August me fit prendre le train rapide qui parcourut en cinq heures et demie les deux cent cinquante-trois kilomètres séparant notre village de la capitale. Plus personne ne se souvient de ce long voyage réduit par August à quelques lignes, peut-être même à une incise qui passait inaperçue. Quant à moi, je me souviens des sièges en bois au long dossier en forme de vague sur lesquels il n'y a pas de position confortable ; je me souviens qu'à mi-chemin, le train s'arrêta, sans qu'on nous donne plus d'explications. D'ailleurs, cela n'étonnait personne — la famille en face de moi déballa ses œufs durs et se mit à boire de la limonade — puisque les chemins de fer soviétiques de l'époque n'avaient pas pour fonction d'acheminer des voyageurs, de les faire arriver en tel point à telle heure, mais simplement d'exister. L'acier des rails, le tchac-tchac régulier des roues, les uniformes des contrôleurs, le nez triangulaire de la locomotive formaient un monde qui se justifiait de lui-même, où les voyageurs n'étaient que des ajouts accidentels venant gâcher l'ordonnancement de la machine. Néanmoins, abstraction faite des bancs de bois et au mépris des horaires de chemins de fer, le soir, nous étions aux abords de Tallinn. Le train siffla, l'aiguilleur fit des moulinets. Je descendis au milieu des montagnes de paquets sous la grande voûte ajourée de la gare centrale qui arborait une mine revêche de cathédrale en construction.

CHAPITRE 3

Le feuilleton. August s'y mit à contrecœur. L'angoisse de la page blanche, le manque d'inspiration. Il expérimenta, en quelques jours, toutes les nuances du lexique défraîchi de la poésie où logeait une réalité plus prosaïque : August assis à la table du salon, fumant cigarette sur cigarette, se rongeant les ongles et les cuticules, agité, nerveux et irritable, insomniaque la nuit, somnolent le jour dès qu'il s'asseyait à la table pour écrire. Il renonçait puis recommençait, pas parce qu'il tenait à son histoire, mais à cause de la commande du rédacteur en chef, qui prenait des allures d'ultimatum. Il n'avait pas le choix ou, si l'on préfère, devait choisir entre le feuilleton, un poste au *Tänapäev*, bureau chauffé, bon salaire, déjeuner gratuit, et le retour à la caisse du cinéma, un emploi de portier à l'hôtel Reval ou de contrôleur de billets à la gare. Ce n'était pas seulement l'absence d'imagination qui empêchait August de se lancer dans son récit. August ne pouvait pas, ne voulait pas écrire, il ne voulait pas décrire ce qu'il avait vu, ne voulait être ni exact ni vraisemblable. Or, on entrait, frétillant, émoustillé, dans l'ère des tabloïds, du compassionnel, des gloires d'un jour désormais promises à tous par la pierre philosophale de la télévision, on exigeait du vécu et de l'authentique. Le directeur dit à August de s'appuyer sur ses souvenirs ; après tout, il avait été engagé au journal sur la recommandation de son passé, il fallait donc qu'il joue a posteriori son rôle d'ancien dissident. Mais August se cachait de ses souvenirs, il n'avait aucune envie de parler de son passé. Il mettait donc la feuille de papier encore blanche entre son moi passé et son moi actuel, et pour se justifier de la page blanche, il invoquait l'angoisse, le manque d'inspiration, cette hydre qui occupe une place visqueuse, considérable, dans la mythologie romantique de l'écriture. On peut sans doute expliquer les réticences d'August par ses complexes multiples et bigarrés, ancrés en lui depuis l'enfance ; et qui lui suggéraient qu'il était un incapable, qui le renvoyaient à l'adolescence, à l'époque où il avait des boutons sur les joues, un nez et des oreilles disproportionnés. Mais plus que les boutons, les oreilles et le nez, c'était à mon avis autre chose qui revenait, le souvenir pénible de son origine. August devait ressentir dès son enfance quelque chose d'à peu près semblable à ce qu'un fils de bourgeois ayant fait fortune ressentait sous l'Ancien Régime devant le fils miséreux d'un baron ou d'un duc. Ce complexe ne tenait ni à la richesse ni au nom, mais uniquement au lieu où August était né. August enfant habitait dans la banlieue de Tallinn, la pire des situations géographiques. Quand il allait voir ses cousins de province, il avait la satisfaction un peu honteuse, car usurpée, de prétendre qu'il habitait à la capitale, mais la conscience d'être en réalité un banlieusard, en somme un moins que rien. August regardait le bout de ses chaussures quand, environ une fois par mois, toute la famille prenait le bus pour se rendre à Tallinn : cinquante-cinq minutes debout, écrasé entre des jambes interminables ou coincé sous l'aisselle d'une grosse femme en sueur, d'où s'exhalaient des odeurs fades de peau vieillie, d'ail, de fromage blanc et de chou. Les bus étaient étouffants en été et glaciaux, puisque pas chauffés, en hiver. Saue, la petite ville de banlieue, qui n'était pas assez grande pour qu'il s'y passe quelque chose, l'était malgré tout suffisamment pour juguler l'envie d'évasion des habitants. Elle possédait un magasin d'alimentation, un petit magasin de bric-à-brac où l'on trouvait des pelles et de la mort-aux-rats, et même une mercerie qui vendait des robes de chambre — des articles n'ayant pu être écoulés à Tallinn, ce qui, vu la pénurie sévissant à l'époque, signale une qualité prodigieusement médiocre. Elle possédait aussi un jardin d'enfants, une école primaire et une école secondaire. Ce n'est donc que lorsqu'il eut quinze ans, au moment d'entrer au lycée, qu'August put échapper à l'emprise de la banlieue. Hélas, il était déjà trop tard. Il avait alors totalement accepté son statut de citoyen de seconde zone. Les quinze ans qui suivirent ne purent rien y faire. August s'installa fermement à Tallinn. Il s'accrocha comme une huître aux murs en pierre de l'internat, dut faire un crochet de quatre ans par Tartu, qui était, personne ne le contestait, la capitale universitaire, fit ses bagages dès qu'il eut sa maîtrise d'histoire et revint dans la capitale, la vraie. Cela n'effaça pas les souvenirs de la banlieue. Malgré des années de tentatives pour s'en guérir, August restait intimement convaincu d'être porteur d'une tare congénitale impossible à effacer.

Mais retournons aux débuts du feuilleton. Pour venir à bout de ses états d'âme, August pensa d'abord faire un récit de guerre : à cette occasion, on me promut colonel et je participai aux combats près de Narva, à la frontière Est, près de la Russie. Tout cela se déroulait pendant la guerre d'indépendance, au cours de l'hiver 1919, pendant lequel j'eus le temps d'attraper la grippe et d'apprendre le fonctionnement des fusils allemands. Cette première tentative d'August fut précédée par des recherches et des lectures, de la littérature héroïque surtout. August consulta des livres d'histoire et chercha des modèles dans le XIXe siècle que les guerres modernes avaient déjà jeté cul par-dessus tête, et qui tombait en désuétude, se détachant de la réalité comme une bande de papier peint mal collée. August y trouvait des tableaux à taille humaine et préférait ignorer sciemment que nous étions maintenant pris dans une autre échelle, perdus dans un monde qui formait un tout, dans l'histoire universelle étendue à tous, où nous flottions comme en un pantalon trop large et mal coupé. August préférait le legs de l'héroïsme, les tableaux à distance, la stratégie militaire, la course des bataillons vus de surplomb, les chevaux tombant dans le ravin à Waterloo et le bicorne à cocarde de Napoléon. Il se heurta finalement aux contraintes de son sujet et aux dimensions de l'Estonie où il n'y a pas de plaine digne d'une bataille rangée, mais seulement des sapins, des bouleaux, la forêt, où il faut faire attention à ne pas s'enliser à cause des marécages dissimulés entre les arbres.

August dut donc se rendre à la fin du XXe siècle. Malgré ses complexes divers et variés, il finit par écrire quelque chose, me tira laborieusement des limbes de la fiction puis présenta son plan au rédacteur en chef. On accepta le plan et on choisit comme titre « Le lycéen de Haaslava ». C'est ainsi qu'en septembre 1984, je m'inscrivis à la faculté d'allemand (il n'en existait pas à cette époque et n'en existe toujours pas à Tallinn, les aspirants germanistes descendent à Tartu, mais August avait besoin que je vive à Tallinn et il la créa donc). J'avais réussi le concours d'entrée, j'eus droit à la casquette bleue à visière noire, aux cours de phonétique et d'histoire allemandes, à la rue Kalasadama, au désordre du salon, à August qui depuis peu ronflait la nuit. À la même époque ou quelques mois plus tard, je rencontrai un petit noyau d'étudiants qui organisaient à la faculté d'histoire des conférences sur le patrimoine de l'Estonie (cette histoire sautait par-dessus l'époque réactionnaire, celle de la Première République dont on n'avait pas le droit de parler, pour plonger directement chez les barons baltes, au milieu des anciennes devinettes en patois, des berceuses et des techniques de tissage du lin). Avec les mêmes individus mais en petit comité — au sein duquel je ne fus admis qu'au bout d'un certain temps —, on parlait également de politique contemporaine, de l'emprisonnement récent de Kukk, et on faisait circuler de la main à la main des cassettes de mauvaise qualité où se trouvaient, enregistrées en contrebande, des chansons de Noël interdites par le régime. Ces rencontres, où commençait à bouillonner un timide désir d'indépendance, devaient former la trame principale du feuilleton, qui aboutissait à la guerre du phosphore (à cette époque, August n'avait encore aucune idée de la version du feuilleton que vous connaissez ; si bizarre que cela puisse paraître, il était donc moins informé que vous et ne se doutait alors absolument pas de la place qu'y prendrait l'épisode du phosphore qui, sous sa forme définitive, ne fut introduit dans le roman que tardivement et sous l'effet de circonstances extérieures). Donc le feuilleton — tel qu'il avait été projeté, la première mouture que personne n'a jamais lue — aboutissait aux carrières de phosphore, à la Chaîne des pays baltes, à 1989. Il était émaillé de détails propres à l'époque : le sauna collectif où je me lavais le mercredi, la queue pour acheter du hareng mariné, la pénurie de sucre et les bus tchécoslovaques, c'est-à-dire d'éléments banals, mais devenus exotiques en l'espace d'une décennie. Enfin, pour rempailler les épisodes, il y avait l'obligatoire bluette, la romance mettant en scène une petite Marie, lycéenne restée à la campagne, d'où elle m'expédiait des lettres parfumées. Bref, on pataugeait dans l'itératif, mais August transformait le plus petit des événements en catastrophe ou en révélation, faisant ainsi durer le feuilleton hebdomadaire en l'élongeant comme un carré de guimauve. Cette furie du détail, cette absence d'événements tenaient sans doute aussi aux états d'âme d'August, car même après les premières parutions, celui-ci avait encore des accès de panique où son cerveau s'emplissait d'un brouillard lactescent et sifflait à la manière d'une bouilloire électrique d'où l'eau du thé s'échappe tout à coup en un grand jet de vapeur. Il ne se sentait pas la capacité ou pas le droit, il voulait à tout prix être fidèle, non pas à ce qu'il avait lui-même vécu et qu'il s'efforçait, bien au contraire, de faire coulisser derrière la fiction, mais à ce qui, pensait-il, la débordait et formait la toile de fond des années 80. Il s'empêtrait donc dans des détails sans importance, mais qui selon lui en avaient (les lieux, les noms, les dates, etc.). August était un homme trop scrupuleux ou bien, comme la plupart des hommes à scrupules, il avait des choses à se faire pardonner.

En août 1995, craignant tout de même de manquer de matière, il introduisit un nouvel élément dans l'intrigue : je fus embauché par l'hôtel Reval pour patrouiller dans le petit parc qui l'entourait. Cet emploi, répétitif comme le reste, et mal payé, entrait dans le cadre d'une campagne nationale pour rapprocher travailleurs et intellectuels. Un vieux slogan qui, dans les décennies précédentes, avait débouché sur des opérations telles que les champs de maïs d'Afghanistan, labourés par des hordes de lycéens, ou la grande semaine de la sidérurgie pendant laquelle gastro-entérologues, pédiatres, dentistes et chirurgiens, envoyés dans les usines pour fabriquer des pieds de lit, abandonnaient leur cabinet ou leur clinique, et finissaient par gâter la production de tout un mois. Dans mon cas, il déboucha, en février 1985, sur les nuits dans le parc de l'hôtel Reval et les thés matinaux au café Moscou. Notre mission (nous étions six et travaillions deux par deux) était de maintenir l'ordre dans le parc de l'hôtel pour que les touristes étrangers, surtout finnois, qui venaient dans le cadre de voyages organisés et descendaient à l'hôtel Reval, puissent témoigner lorsqu'ils rentreraient chez eux de la quiétude qui régnait en Union soviétique. Nous arpentions donc les allées du parc et traquions les ramasseurs de bouteilles vides : les bouteilles en verre étaient consignées, si bien qu'il se trouvait toujours un ou deux quidams pour tenter leur chance près des poubelles, ce qui était bien sûr strictement interdit car 1) les Soviétiques sont disciplinés et ne laissent pas traîner de bouteilles vides dans les parcs, 2) les Soviétiques ne manquent pas de dignité au point d'aller ramasser les bouteilles vides que des saboteurs ont laissées dans les parcs. Le plus simple, pour éviter les ramasseurs, était de faire le tour du parc en début de soirée afin de ramasser nous-mêmes les bouteilles vides, ce qui décourageait d'emblée les quidams et nous constituait de plus une petite cagnotte avec laquelle nous pouvions nous acheter de la bière, des tartines au fromage du café Moscou, ou bien nous occuper le reste de la nuit à lancer des kopecks dans la fontaine du parc en formulant des vœux impossibles.

Grâce à ce travail, j'appris à voir la ville d'un regard neuf. Les nuits de printemps étaient longues et froides, et l'expérience nocturne de la vieille ville me persuada une fois pour toutes que les toits, les tourelles des anciennes maisons, le béton armé des immeubles neufs n'étaient, comme nous l'étions pour les touristes finnois, que des trompe-l'œil qui cachaient la façade du monde des morts dont l'entrée se situait là, quelque part, entre deux arcades de ruelles médiévales, loin au nord et loin à l'est de tout. Les morts étaient munis de grandes sacoches, ils erraient pour trouver des bouteilles vides et monnayer leur ticket d'entrée. Nous finîmes nous aussi par nous prendre pour des fantômes, l'atmosphère extérieure s'y prêtant, d'ailleurs : dès cinq heures du soir, au mois de mars, nous plongions dans une nappe de brouillard froid qui nous empêchait de nous voir les uns les autres, et faisait même parfois disparaître nos membres. Toute la ville plongeait dans le brouillard et ressemblait dès lors à un corps éclopé, les toits des maisons noyées dans la brume, l'asphalte des rues se gonflant, lacéré, entaillé, travaillé comme une croûte de pain et laissant croire que les tuyaux enfouis remontaient à la manière de veines qui éclatent. Le brouillard lui-même était maladif, recousu par les fils des poteaux électriques. Le matin, nous retournions chez les vivants. À neuf heures, le soleil se levait enfin, la plupart du temps à peine décelable, flou, dans les jaune pâle et dans les gris, mais quelquefois orange et éclatant, un peu liquide, ressemblant à un œuf sur le plat dont le jaune central n'a pas fini de cuire et dont la fine membrane transparente, élastique, menace de se rompre à chaque instant. Cette timide amorce de soleil, qui semblait n'apparaître que pour nous sauver, nous mettait le cœur en joie.

Cela dura trois mois. Deux jours par semaine mourir et revivre, le thé et le petit pain au Moscou, puis retour à la faculté d'allemand. Par bonheur, il y avait la promesse de l'été : six semaines de vacances à récolter des pommes de terre, et juste avant, les nuits courtes, imperceptibles, du mois de mai. Par bonheur, surtout, il y eut Carlotta, qui mit un point final aux manœuvres dans le parc et me conféra une nouvelle dignité. Quant aux camarades qui patrouillaient avec moi, ils disparurent peu après que j'eus quitté mon poste, probablement aspirés par le monde des morts, à moins qu'ils n'aient trouvé entre deux ruelles l'un de ces passages invisibles et secrets par où les morts que nous étions parvenaient parfois à s'échapper et qui donnaient à l'Ouest, chez les vivants, dans le monde des mixers, des percolateurs, des lave-linge et de l'eau chaude à volonté.

CHAPITRE 4

Et Eerik, ce coureur impénitent de jupons simples, à volants, à rubans ou à dentelles ? Eerik qu'August n'avait vu qu'une seule fois et à qui il devait presque tout ? Un jour de mars 1996, il fit une apparition au journal. Cette fois, il portait un costume de couleur grise, un chapeau assorti et une cravate en soie, un costume d'industriel opulent qui sent venir les effets de la reprise économique. Eerik avait acheté son usine pour rien. Il était ingénieur dans l'entreprise quand, six ans plus tôt, les usines, les États, les magouilles en cours s'étaient effondrés. L'État estonien qui venait de renaître n'avait ni les capitaux, ni l'envie, ni le temps pour conserver et remplumer les usines soviétiques. La plupart furent entourées de palissades en bois et démontées avec l'aide des gardes de nuit par des bricoleurs occasionnels qui y trouvèrent des boulons, des vis, des écrous, des arrosoirs qu'on pouvait refaire fondre en métal, des courroies de plastique et des planches de sapin, des matériaux précieux qu'on ne trouvait plus nulle part à cette époque de pénurie générale, où il n'y avait plus une seule vis qui tînt dans le commerce, alors qu'une véritable fièvre de construction s'abattait comme un nuage de sauterelles sur le pays. Une fois rétablie la propriété privée, chacun voulait sa cabane de jardin, sa maison, son garage pour la voiture à venir. Eerik ne voulut rien de tout cela. En 1990, grâce à la nouvelle législation, il avait récupéré des terres, qui appartenaient à son grand-père, exproprié en juillet 1945, selon les décrets du régime soviétique, puis distribuées à des kolkhozes, et devenues, en quelques années, de vagues dépôts de vieille ferraille, où les moissonneuses-batteuses jadis fringantes se déboîtaient la mâchoire sur un sourire funèbre en attendant d'être dépecées à leur tour. Eerik revendit une partie des terres, puis acheta à l'État, pour une somme symbolique, cinquante pour cent des parts de l'usine (l'autre moitié fut acquise par un collègue ingénieur). Deux ans plus tard, au plus fort de la crise économique, il racheta à son collègue ses cinquante pour cent. En 1996, l'usine jadis promise à la faillite était restructurée et rénovée, elle produisait de l'aspirine, des anticoagulants, et tournait avec une quarantaine d'employés.

Ce jour de mars 1996, Eerik n'était pas venu voir August, mais T., le fameux directeur du *Tänapäev* qui entre-temps avait formé sa faction politique. Eerik était là en émissaire, en tant que membre actif et délégué du puissant parti du Front populaire. Il avait à négocier avec monsieur T. La mission se passa moins bien que prévu et Eerik ressortit du bureau de T. avec une grimace enjouée qui dissimulait mal son irritation. C'est en quittant le siège du *Tänapäev* qu'Eerik tomba par hasard sur August. Ce hasard était tout relatif car August avait eu vent de la présence d'Eerik et s'était arrangé pour se trouver sur son chemin. Mais comme, par un amour-propre bien compréhensible, August n'aurait voulu pour rien au monde avoir l'air de rechercher Eerik, il joua la surprise lorsqu'il l'aperçut.

C'est ainsi qu'August arrête Eerik au passage, lui serre la main et s'empresse de le remercier. Son amour-propre lui consent les remerciements car il n'est plus le jeune blanc-bec aux pieds rentrés, sans fonction précise ni métier convenable, mais l'auteur de feuilletons August Paterson, qui publie depuis bientôt un an, reçoit chaque semaine des lettres de lecteurs et n'a plus à rougir devant son rédacteur en chef. Devant la cravate en soie d'Eerik, August ne perd pas contenance, cette fois : il se contente de bafouiller un peu. D'ailleurs, s'il ne rougit pas de ses remerciements, c'est que ceux-ci ne sont qu'à demi sincères, et lorsqu'il dit : « Monsieur Pall, je vous dois tout cela » — un geste rond qui englobe le couloir sombre à la peinture indéfinie et déjà douteuse —, cela signifie en réalité : « je vous dois un peu à vous et beaucoup à mon talent ». Eerik, lui, se trompe une nouvelle fois. Il ne se souvient plus d'August, ne le reconnaît pas, aussi vrai qu'il l'avait reconnu la première fois, le jour de la commémoration, alors qu'à l'époque, selon toute évidence, il ne le connaissait pas. Malgré tout, le nom d'August évoque quelque chose pour lui : il a dû lire une fois « Le lycéen » ou, s'il ne l'a pas lu, il a du moins, le survolant, aperçu la signature d'August, ou encore, plus probablement, puisque Eerik est un homme paresseux qui ne lit que ce qui le concerne directement, il a entendu quelqu'un en parler. Quoi qu'il en soit, Eerik vient d'avoir une entrevue désagréable et il n'est pas sûr de ne rien devoir à ce jeune homme. Il l'invite donc à tout hasard au Maiasmokk, commande en habitué deux cognacs *X.O.*, qu'il paie aussitôt, pour faire d'August son obligé.

Et voilà August prisonnier du cognac. Sous la table, heureusement recouverte d'une très longue nappe, les chaussures d'August basculent sur la tranche et se tournent pathétiquement vers l'intérieur. Eerik, dépité par l'échec de sa mission, s'affaisse dans son fauteuil avec un flegme dédaigneux (qu'August interprète immédiatement comme l'indolence naturelle des hommes fortunés), et couve son invité d'un regard inquisiteur : « Alors ? » Persuadé qu'un écrivain qui se respecte doit absolument s'y connaître en alcools fins, August tient négligemment la coupe entre deux doigts, faisant de petits cercles avec le verre, parce qu'il croit savoir que c'est l'usage. Il lève le verre, fronce le nez puis hume l'alcool avec l'incompétence du débutant, les yeux d'Eerik toujours rivés sur lui. Il sent qu'imperceptiblement la main qui tient le verre se met à trembloter, d'un tremblement d'abord imaginaire, mais qui peu à peu devient réel et se communique au verre à pied. Puis le cognac lui-même commence à frissonner, à grelotter, à frémir bien plus que nécessaire jusqu'à ce que finalement une goutte d'alcool déborde, coule le long du verre en forme d'oignon qu'August dénomme *coupe* en se trompant. August est là, au bord de l'infamie, il rougit, essaie de ne pas rougir, rougit quand même et sent la sueur froide, désespérée, se déposer dans le creux de sa nuque. La nappe est blanche ; il ne peut pas poser le verre ; il ne peut pas l'essuyer, cela ne se fait pas ; il n'ose pas boire car il a peur du tremblement, qui, s'il remue la main, risque de s'accentuer. Il a peur que le verre ne lui échappe complètement et que ce cognac brun qu'il maudit silencieusement ne se renverse sur la nappe immaculée.

Heureusement Eerik, qui a humé son verre, fait brusquement valser le cognac, en laisse négligemment déborder une partie, puis goûte et prend un air ravi :

« Violette… »

August inspire profondément et se laisse entraîner par un bonheur naïf, élémentaire, large, inespéré. Tout paraît simple ;

il goûte en imitant Eerik ; il a oublié que sa main tremblait. Et il imite encore Eerik en commentant :

« Vanille…

— Cassis. »

Et August :

« Caramel.

— Mmmhhh, le rance ! Vous le sentez le rance ? Hein ? Sentez, sentez ! Ça, c'est du cognac ! »

En entendant Eerik prononcer le mot *rance*, August, déjà au bord de l'ivresse, glisse de nouveau dans sa géographie privée, et se laisse envahir par un malaise diffus. À l'arrière-plan des paroles d'Eerik, il ne perçoit pas la fraîcheur des caves, ni la part des anges qui s'évapore lentement dans la lumière presque absente des sous-sols de pierre. Il n'y voit que le grand soleil moqueur de son enfance, qui s'introduisait dans les maisons, réchauffait les relents de soupe de la veille qui s'immisçaient jusque dans les chambres, rendait chaud et collant le lino de l'entrée, et, surtout, faisait rancir le beurre dans la cuisine, qui se mettait alors à empester, le beurre qui fondait lorsqu'il faisait plus chaud, se solidifiait quand la pièce refroidissait, le dessus recouvert d'une couenne de toile cirée, jaune et luisante, qu'il fallait manger tout de même, ou à défaut employer pour la cuisson, de sorte que les crêpes des jours de fête ainsi que les rondelles de pommes de terre sautées, s'imprégnant d'un arrière-goût moisi, semblaient avoir été conservées pendant des jours avant même qu'on ait fini de les préparer. August se sent coupable de cette odeur de rance comme si celle-ci l'avait imprégné et flottait pour toujours autour de lui. Car Eerik qui a l'instinct délicat des riches, Eerik qui fait partie des dominants, de ceux qui possèdent l'argent et le droit parce qu'il existe un ordre immuable des éléments qui régit les planètes et les océans aussi bien que les rapports entre êtres humains, Eerik ne peut que s'en apercevoir. August commence à remuer sur sa chaise, cherchant un moyen pour se sauver. À l'idée d'être démasqué, l'angoisse le saisit. Mais Eerik remarque son malaise : il reconnaît enfin August, le jeune homme embarrassé de l'hiver dernier qui rentrait les pieds et creusait les épaules. Il claque des doigts vers le fond de la salle :

« Garçon, deux autres cognacs ; le même ! le bouquet : violette-cassis, n'est-ce pas ?

— Oui, monsieur, trente ans d'âge, tout de suite, monsieur ! »

Eerik fait un clin d'œil à August.

August ne sait pas bien ce qui vient de se passer, mais il n'y a plus d'issue, le verre est là, de nouveau rempli, posé juste devant lui, et de toute façon, sans qu'il sache pourquoi, l'urgence de partir s'est dissipée. Eerik se met à parler de choses et d'autres, de la fabrication de la codéine, spectaculaire contre la toux, des pavots dont on extrait la graine utilisée, qui n'ont malheureusement pas grand-chose à voir avec ceux qui poussent couramment chez nous, ceux qu'on utilise pour garnir les petits pains, même s'il y a encore des illuminés qui en cultivent dans leur jardin pour en faire de l'opium. Ça ne donne rien, évidemment, si ce n'est provoquer l'hilarité d'Eerik. Ah bon ? August demande des précisions. Il apprend qu'avec la sauge on pourrait faire de l'aspirine, mais que, comme pour la plupart des plantes, les principes actifs sont trop peu concentrés, juste suffisants pour obtenir des remèdes de bonne femme, tandis qu'avec la chimie moderne, on arrive à un produit exceptionnel. August hoche la tête avec véhémence. Le voilà qui se passionne pour l'aspirine, songeant même entre deux affirmations d'Eerik à en administrer à ses personnages, qui après tout traînent des nuits entières dans le parc, ce qui expliquerait qu'ils tombent malades. Hébété, somnolent, il voit Eerik penché sur la table (lancé maintenant dans des histoires d'analgésiques qu'on a testés sur des rats puis sur des chiens), et par la vitre, derrière la table, sur la façade de l'immeuble d'en face, les gouttières qui suent, les stalactites la larme l'œil, qui s'émoussent peu à peu, s'arrondissent, se mouillent — et au milieu d'un souvenir de stalactite, qui paraît-il a tué un homme l'hiver dernier, un homme qui passait par hasard sous une gouttière, August ne se souvient plus quand ni comment, si c'était dans un roman ou un fait divers, — il entend l'invitation d'Eerik, une invitation à se rendre à la campagne, dans sa maison familiale, pourquoi pas dès la semaine prochaine. August accepte. D'ailleurs, quand Eerik pose une question, ce n'est plus une question mais déjà un ordre, une espèce d'injonction familière et bienveillante à laquelle on ne peut répondre par un refus. August accepte, à la fois effrayé et ravi, dans un désordre de pensées incohérentes formées de stalactites, d'aspirine et de cognac.

CHAPITRE 5

Dès le matin du samedi suivant, August était prêt et attendait. Il attendait en fait depuis la veille : il n'avait pas réussi à s'endormir, avait passé la nuit à remuer, avait retourné son oreiller cinq ou six fois, le dessous paraissant agréable et frais, alors que le dessus était toujours trop chaud. Eerik avait dit qu'on partirait très tôt et August avait peur de ne pas se réveiller. Il fut donc prêt à l'aube et attendit. À une heure et demie, enfin, Eerik klaxonna en bas. Il ne s'excusa pas de son retard.

August monta dans la voiture neuve d'Eerik (compliments à propos de la voiture, explications d'Eerik, orgueil légitime du propriétaire). Ils parcoururent à une vitesse effarante, en dépassant résolument les limitations, des routes dont tout le monde ignore l'existence, qui n'apparaissent sur les cartes routières d'Europe que sous forme de ficelles dérisoires, étroites, finissant par se perdre dans la forêt. Pour pallier les lacunes de la cartographie, je dois donc m'arrêter, afin de donner des précisions topographiques : ils quittent les boulevards, dépassent Nõmme, qui fut autrefois une ville à part entière, avalée par la capitale, le sol plein de sable et d'épines de conifères ; Silla, Raba, le grand carrefour de Haapsalu où l'on peut prendre vers l'ouest ou vers le sud, les sorbiers et les esprits malins de Märjamaa — la route a déjà rétréci —, Ruhnu, Putru, puis un chapelet de minuscules villages portant des noms imprononçables ou qui, peut-être, n'ont pas de nom du tout. Toujours dans la direction sud-ouest. Enfin, vingt kilomètres avant la mer, assez loin de Pärnu pour être à la campagne, assez près pour se croire en bord de ville, apparut la maison de Charlotte et d'Eerik.

Eerik alla ouvrir la grille du jardin, fit entrer la voiture, referma le portail, avança jusqu'à la cour rectangulaire où l'herbe a été recouverte de gravier. Charlotte se tenait là, dans le jardin. Eerik procéda aux présentations. August salua très poliment Charlotte et lui tendit un bouquet rond de violettes ébouriffées. Charlotte dit bonjour, prit les fleurs et remercia, ignora ostensiblement Eerik qui voulait la faire monter dans la voiture. Charlotte était plus attirée par le poète, ce représentant de l'ancien monde, des atavismes, des états d'âme, de la pensée qui ne roule pas à cent kilomètre-heure, toujours empêchée, hésitante, claudicante, que par la mécanique de la traction avant. Charlotte n'avait pas d'intérêt pour la voiture. Elle en avait peut-être vaguement pour le poète et certainement pour Eerik, son mari absent, avec qui elle devait régler ses comptes. Elle feignit d'être surprise par leur arrivée, qu'Eerik avait pourtant annoncée pour midi. Elle voulait montrer qu'elle n'attendait pas Eerik, qu'elle se moquait de savoir quand il arriverait. August, trouvant l'indifférence de Charlotte touchante, en voulut à Eerik de ses absences. Celui-ci, pour se faire pardonner, et parce qu'il craignait la réaction de Charlotte, ne parla pas de déjeuner. Il était déjà plus de trois heures. Eerik et August étaient en retard. Ils furent punis du retard, eurent faim, ne dirent rien, mais supportèrent vaillamment la faim, de plus en plus bruyante, de plus en plus pressante, qui tempêtait et grognait dans leur estomac.

Charlotte voulut montrer le jardin à August. Elle était avec lui tantôt cordiale, tantôt froide, parce qu'elle était préoccupée par autre chose, qui se trouvait là, à l'arrière-plan, près des pruniers, au milieu des branches pleines de mamelons grisâtres prêts à s'ouvrir en fleurs dès que le temps se réchaufferait. Eerik suivait Charlotte, cinq pas en arrière. Plutôt que de descendre dans le jardin, il aurait préféré montrer la maison, où il venait de rénover la salle de bains et de faire retapisser le séjour. Quant à August, il n'était ni cordial, ni réservé, mais embarrassé, allègre, fébrile, tendu, euphorique, léger et oppressé. Tout cela en même temps, emmêlé, touillé, au milieu des jonquilles à petite tête oblongue dont va bientôt sortir comme d'un capuchon la fleur jaune emballée de parchemin. August garde les mains derrière le dos. Il tient les doigts de sa main gauche serrés dans la droite, heureux de sentir sa main, rassuré d'avoir une chose à laquelle se raccrocher. Il s'explique mal ses émotions indistinctes et imprévues. Tout cela aurait pu être — mais n'était pas — la faute des jonquilles encore fermées, au stade ridicule et charmant de bouton, ni la faute des perce-neige éparpillés par-ci par-là en petites tribus d'écolières à jupe en cloche, naïves et prêtes à être retroussées. C'était la faute de Charlotte, de son impatience, d'une impatience venue de très loin jusqu'à August, rebattue, éculée mais pourtant nouvelle, l'impatience banale devant la neige qui fond, laissant apparaître, par plaques et trop lentement, l'herbe jaune pelée de l'automne dernier. Était-ce seulement que l'impatience de Charlotte se propageait et qu'en s'introduisant en August, elle prenait des allures inédites et un peu folles ? Plus tard, quand il fallut se justifier, August mit l'ensemble sur le compte de la surprise : Eerik aurait dû le prévenir. Le prévenir comment, expliquer quoi ? Que sa femme, Charlotte, n'était pas une vieille bourgeoise, en robe à grosses fleurs et boutons dorés ; qu'elle n'avait que vingt-neuf ans, les cheveux châtains, n'était ni belle ni laide aux yeux de son époux, mais qu'August pourrait la trouver jolie ? August s'attendait à une femme vénérable, l'image qu'il se faisait de la femme d'Eerik, une femme apprêtée, déjà vieillissante, car les mères de famille confinées à leur foyer avaient selon August pour propriété de vieillir bien plus vite que leurs maris, qui mouraient plus tôt mais restaient jeunes longtemps. Bref, Charlotte devait être une mère de famille portant des robes coûteuses qui manqueraient de goût. Or, Charlotte n'avait pas de toilette coûteuse. Elle n'avait pas d'enfant accroché à ses jupes. Elle portait une robe de jardinage, une sorte de cape en coton par-dessus, fermée par un énorme bouton gris, elle s'était fait une tresse qui ne tenait pas, et ses vingt-neuf ans étaient effrayants. Voilà l'image qu'August, pris de court, eut de Charlotte la première fois qu'il la rencontra. C'était donc une image interne, mal définie, pas encore stabilisée, qui changea dans les détails et les grosses lignes une fois qu'August eut dépassé le stade de la surprise. Quant à l'image externe, je peux la donner : Charlotte aurait sans doute aimé être brune, elle était châtain, les cheveux bouclés, témoignant comme toutes les femmes de son époque une fidélité sans faille au glycolate d'ammonium, c'est-à-dire à l'industrie chimique de la coiffure, grâce à laquelle on ne la voyait jamais défrisée. Elle était mince, frêle, gracieuse sous certains angles, mais pourvue de charnières disproportionnées : les rotules des genoux et des épaules saillantes, un peu plus grosses sans doute qu'il n'aurait fallu par rapport à la minceur des hanches et des seins. J'ai oublié de dire qu'elle avait les yeux marron. D'ailleurs August dut attendre la deuxième rencontre pour se souvenir de la couleur des yeux ; il n'avait gardé en tête que leur expression.

Pour le moment, August en reste à la première image, celle d'une Charlotte trop jeune, jolie, pimpante, excitée comme une gamine par le printemps. Il suit Eerik et Charlotte dans le potager où les planches surélevées, recouvertes d'une vitre, sont soumises à un effet de serre en miniature, de sorte qu'on voit déjà les feuilles rêches des radis, les laitues, les pommes minuscules des choux. Il s'étonne de la précocité des plants. Charlotte se montre satisfaite : elle a eu la réaction escomptée. Elle sourit, sans savoir (ou parce qu'elle devine déjà) que son sourire a pour effet d'éveiller en August un bonheur excessif, immodéré. August saisit avec une acuité particulière les minuscules réactions de Charlotte, il guette ses mouvements et les devance. Les lièvres ont fait un trou dans le grillage et sont venus ronger l'écorce des arbres. Charlotte s'accroupit pour panser un cerisier, sortant de sa poche des bandes de tissu déchirées dans de vieux draps ou des rideaux, certaines roses, ornées de motifs géométriques, d'autres tout simplement blanches. Elle explique comment faire un cataplasme aux arbres, un badigeon d'argile et, par-dessus, la bande, qui empêche les lapins d'accéder au tronc. August s'accroupit pour aider Charlotte. Il veut se rendre utile ; c'est un sentiment urgent, impérieux, vital. Mais Eerik le contrarie en s'interposant : Charlotte est sa légitime épouse et c'est à lui que revient le droit de rattacher les bandes. Il se met à genoux dans le verger, salissant son pantalon en soie.

Quand August se relève, l'euphorie s'est dissipée. Charlotte est redevenue la femme d'Eerik, si bien qu'en remontant vers la maison, celui-ci lui enlace la taille. Charlotte fait la moue, mais elle a pardonné. August ne sait pas ce qu'il y avait à pardonner, si Eerik a tort et Charlotte raison, ou si c'est Charlotte la femme insupportable, la mégère qui fait des scènes à son mari. Toujours est-il que Charlotte est la femme d'Eerik, qu'elle forme avec lui un tout, un morceau solide d'intimité dans lequel August n'a pas sa place. Il avance vers la maison, à côté du couple, cruellement et pourtant naturellement exclu, repoussé sans que personne l'ait repoussé. Eerik profite de ce moment pour dire ce qui l'occupe depuis tout à l'heure : « Charlotte va nous faire ses cailles aux olives, n'est-ce pas, ma chatte ? Vous verrez, c'est un vrai cordon-bleu ! » Il pince du bout des doigts la taille de sa femme. August trouve le geste déplacé, presque vulgaire. Charlotte hausse les épaules, mais ne répond rien. Elle n'apprécie pas le propos d'Eerik : elle aurait préféré qu'il ne soit pas si sûr de lui. D'ailleurs, même si elle a pardonné, grâce aux perce-neige, à l'étonnement d'August, grâce aux fanes de persil et aux pousses de petits pois, elle n'est pas sûre qu'Eerik mérite une faveur. Par conséquent, elle ne répond ni oui ni non, mais August, toujours aux aguets, bien malgré lui, perçoit dans ce haussement d'épaules la proximité de Charlotte et d'Eerik. Ce dialogue banal l'a irrité, sans savoir pourquoi, il se sent malheureux, triste, découragé, et d'autant plus misérable qu'il ne peut pas se l'expliquer, qu'il n'a aucune raison, peut-être pas même le droit de l'être. On atteint finalement la petite cour, où la voiture doit être déchargée ; August sort les paquets et les tend à Eerik qui en fait passer certains à Charlotte (des biscuits, du chocolat, un bocal d'olives, un ballot entouré de papier journal et des denrées qu'August n'a jamais vues : des endives, du jambon sec, du vinaigre de noix). Eerik attrape la poignée de la valise noire, Charlotte sourit à August, les bras chargés.

Le soir, il y eut des cailles aux olives. Charlotte avait préparé les plats, Anna, la femme de ménage et cuisinière, étant absente pour un mois. Le jardin de Charlotte était englouti, obscur, invisible depuis la fenêtre du salon qui réfléchit les lumières et les meubles de l'intérieur, l'armoire à alcools au miroir ovale, la théière, le fauteuil où est assis August, le canapé où Eerik fume son cigare, le bras gauche passé derrière le cou de sa femme. Sous les feuilles épaisses du citronnier, les fruits jaunes rabougris qui confondent les saisons, ronds et renflés comme des vésicules, éclairent par à-coups la véranda. August et Eerik boivent du cognac, Charlotte du thé et de l'alcool de mûre. On est assis, Eerik fume, on boit lentement, il fait chaud dans le salon et sur la véranda. Charlotte se doute de quelque chose. Elle se demande pourquoi Eerik a invité August, pourquoi les cailles, le voyage en voiture, le cognac. August, partiellement remis de ses émotions, raisonnable, bien que toujours vulnérable et vacillant, ne se doute, pour sa part, de rien, mais croit sans réserve à l'amitié. Il s'interdit donc de parler à Charlotte, s'adresse à Eerik, regarde Eerik et ignore Charlotte, qui s'insinue malgré tout dans son champ de vision, provoquant un bourdonnement pénible dans sa tête, faisant naître l'impression que ses pensées lui échappent, s'effilochent, s'évaporent, s'esquivent comme des petits poissons au dos glissant qui s'éclipsent d'un coup de nageoire en laissant un éclair argenté dans l'eau. Il ne songe pas aux motivations d'Eerik. Des deux, bien entendu, c'est Charlotte qui a raison.

Charlotte suppose que derrière l'amitié d'Eerik se cache un intérêt quelconque. Quel intérêt ? Moi qui ne suis qu'un personnage, qui n'agis, ne pense et n'ai de sentiments qu'en fonction des besoins de l'auteur et du récit, du besoin interne aussi qu'ont les histoires, je sais quel rôle Eerik attribuait à August. August écrivait pour le *Tänapäev*, c'est-à-dire pour monsieur T., homme public et homme de lettres, possédant son propre parti politique, qui conquérait chaque mois de nouveaux électeurs. Eerik était membre du Front populaire. Il avait failli être élu au Parlement, était un homme politique doublé d'un homme d'affaires ; il avait une revanche à prendre sur T. Or, August était devenu l'instrument par lequel T. jouait sur la corde patriotique. Eerik, qui avait du nez et du talent, qui savait combiner les êtres et les choses, se disait qu'il serait bon de gagner August, de se le mettre dans la poche en cas de besoin. Loin de moi l'idée de noircir Eerik, d'en faire l'indiscutable méchant de l'histoire (le méchant est Helmut, l'époux de Carlotta). En réalité, même chez Eerik, ces pensées n'étaient pas claires, elles n'existaient que sous la forme d'une intuition, mais le don d'Eerik était de croire aux intuitions, de leur faire confiance pour s'en servir en temps utile. Eerik avait par ailleurs de la sympathie pour August, il ressentait pour lui de la bienveillance et même l'amorce d'un sentiment paternel. Il n'aurait pas fait remonter son intuition au niveau de pensées ordonnées et nettes — encore moins au niveau de la parole articulée.

Tandis que l'intuition d'Eerik se déployait, le niveau dévolu aux pensées distinctes, aux intentions louables et aux phrases prononçables était donc occupé par autre chose. On parla d'abord du jardin et des lièvres, puis du feuilleton d'August que Charlotte connaissait, ce qui emplit August de bonheur, car le feuilleton créait un lien honnête, innocent, entre lui, l'écrivain, et Charlotte, sa lectrice. Puis Eerik parla de son mariage avec Charlotte, à cause d'une photographie qui trônait dans le salon, mais peut-être aussi parce que, ayant déjà bu trois verres de cognac, il avait envie de rappeler que Charlotte était sa femme. Le mariage avait eu lieu en mars 1990, Charlotte ne voulait pas de robe blanche en tulle, après tout les jeunes mariées ont droit à des caprices, sa robe était donc en satin bleu pâle. Mart était né à peine un an plus tard. August hoche plusieurs fois la tête, et malgré ses efforts pour ne pas paraître étonné, cette tête exprime à l'évidence la surprise. Il faut dire que dans l'esprit d'August, Charlotte n'a pas d'enfant. Eerik, inspiré par ses cognacs, se met à se balancer sur le fauteuil avec un mouvement qui évoque le dandinement d'un canard. August, qui ne comprend rien, sourit. Eerik ajoute avec un rire contraint : « Mart est au sanatorium pendant un mois. » August, souriant toujours, hoche la tête, n'ayant qu'à moitié compris, mais alors, Charlotte se lève, renverse sa tasse, lance : « Espèce d'idiot ! » et quitte la pièce en claquant la porte. Eerik reste immobile. August (désormais l'étranger indélicat provoquant des brouilles chez les couples qui le reçoivent) ne sait pas s'il doit entendre « idiots » au pluriel, mais vu sa propension à se sentir coupable, il opte pour le pluriel. Eerik ne dit plus rien ; August n'ose pas parler. Il coule un regard vers la porte de la cuisine, se demandant ce qu'on attend de lui, et s'il doit se retirer tout de suite dans sa chambre ; tant qu'Eerik ne dit rien, il n'ose pas bouger. Finalement, il bredouille quelques excuses, puis se tait. Eerik s'est allumé un cigare — le genre d'odeur qui exaspérerait Charlotte si elle devait revenir dans le salon, c'est pourquoi quand Eerik lui en propose un, August secoue la tête, presque effrayé, son verre de cognac vide, ses mains désormais inoccupées tripotant machinalement les franges du fauteuil. Eerik, lui, tire sur le cigare. N'ayant plus les épaules de Charlotte à entourer, il s'avachit dans les coussins. Il garde quelques minutes un regard vague, puis amène la conversation sur le travail. Dehors il fait nuit noire ; on boit et on parle ; August répond sans réfléchir, sans bien savoir de quoi l'on parle. Il garde à l'esprit l'invective de Charlotte comme une écharde invisible et douloureuse. Sur la véranda, le citronnier jaunit ; la colonne mélancolique et lente des limaces vient de se mettre en marche dans le jardin.

CHAPITRE 6

Le dimanche soir, August était de retour. Qu'avait-il rapporté de son séjour à la campagne ? Des champignons séchés, cuisinés au cumin, la colère de Charlotte et des piqûres de moustique qui le démangeaient. Il passa la nuit suivante à se gratter. Au matin, les boursouflures avaient tellement enflé qu'elles faisaient le double de leur taille. August les grattait avec frénésie, il se soulageait et se torturait jusqu'à ce qu'elles s'auréolent d'un cercle blanc puis éclatent et suppurent du sang. Que grattait-il en réalité ? La politesse superficielle de Charlotte, son mouvement de colère, son désintérêt ? August était affecté par quelque chose qui ne se résumait pas aux démangeaisons, ou alors il s'agissait d'une démangeaison intérieure, le sentiment que son corps était trop étroit, qu'une part de lui, pitoyable et ridicule, prenait de l'élan pour en sortir, tapait et ruait contre la paroi. August avait des bouffées de chaleur, des moments où il voulait se cacher à lui-même, ne plus penser à l'avant-veille dans lequel un point le tourmentait, un point qu'il connaissait très précisément, et qu'il s'acharnait cependant à ignorer, un point qui l'attirait et le repoussait, l'entraînait de nouveau à gratter ses boutons d'un geste convulsif et enragé. Mais autour de ce centre s'étendait un halo de béatitude provoqué par la présence de Charlotte, une présence chaude, égale, qui ne promettait rien, mais suffisait, même à l'état de simple souvenir, à faire régner une joie naïve et limpide chez August (dans les instants où il oubliait l'emportement de Charlotte, ce qui le libérait pour quelques minutes de ses remords). August passait ainsi du bonheur au désespoir, et quand le bonheur se muait en désespoir, les boutons se rappelaient à lui, de sorte qu'il était obligé de se gratter. Il gratta tant qu'il fut couvert de bubons, n'osa plus sortir ni se montrer à quiconque, resta assis dans le salon à écrire et rêvasser.

Alors qu'il grattait, regrattait et rêvassait, Charlotte s'insinuait de plus en plus dans son esprit.

Elle s'insinua si bien que, malgré ses scrupules, malgré Eerik, les conventions, les on-dit et l'amitié, August prit la décision de faire subir un changement radical au feuilleton : Charlotte, sous le pseudonyme de Carlotta, entra brusquement dans ma vie et notre histoire, elle y répandit son parfum de verveine, fut projetée sous les feux de la rampe littéraire en tant qu'épouse d'un dénommé Helmut, citoyen de la RDA, collectionneur de boutons de manchette et d'œufs peints.

Voici comment : d'habitude lent comme un moteur à manivelle, August, dès qu'il revint de la campagne, fut talonné par une inspiration pressante. Par conséquent, en juin 1985, le temps s'accéléra soudain et ne rentra plus, quoi qu'on fît, dans les calculs des physiciens, dans la relativité générale ou singulière. En fait, il n'y eut pas de mois de juin. August le sauta sans états d'âme et me fit atterrir directement au mois de septembre. Il avait donc coupé les vacances d'été qui, dans le plan initial, devaient fournir la matière principale du feuilleton (le retour à la campagne, la récolte des pommes de terre et les retrouvailles avec Marie). Ses distorsions temporelles imprévues visaient en fait à une seule chose : il devait trouver un arrangement valable pour faire entrer Carlotta dans le récit. Il était persuadé d'avoir rencontré sa muse et, comme le sentent tous les poètes, il éprouva la nécessité impérieuse de lui rendre hommage à travers ses écrits. Qu'on appelle cette pulsion comme on le veut, poussée d'hormones ou inspiration, August, qui croyait à l'inspiration et ignorait volontairement les hormones, chercha un prétexte pour créer Carlotta. Mais l'inspiration se moqua de lui et apparut d'abord sous les traits d'Helmut.

Dès mi-septembre, j'avais repris mon poste dans le parc. Tout en ramassant les bouteilles vides, je me récitais les verbes irréguliers allemands. Mi-octobre, nous reçûmes une convocation : le 20 octobre à dix-huit heures, tous les employés de l'hôtel seraient tenus d'assister à une réunion dans le grand hall, où l'on nous présenterait le nouveau directeur. Nous y allâmes en râlant car le travail ne commençait qu'à dix-neuf heures. On avait fabriqué une banderole de bienvenue qui trônait au beau milieu du hall, dont les chaises rondes en plastique rouge brillant avaient la forme de champignons. Et sous la banderole, sur une petite estrade en bois, August avait installé Helmut.

Helmut venait de la RDA. C'était le nouveau directeur de l'hôtel, récemment nommé par l'Intourist, l'organisation soviétique du tourisme, une annexe du KGB.

August avait, allez savoir pourquoi, une hostilité de principe pour Helmut ; c'est pourquoi il le rendit débonnaire, jovial, radoteur, obsédé par ses collections, un peu gros, ne parlant que russe et allemand — russe avec un accent allemand — et, malgré tout, courtois et élégant, voire doué d'un certain sens de l'humour. Quant à moi, je n'associais la RDA qu'aux petits pois au naturel qu'on mangeait au buffet de la gare à Berlin-Est, qui avaient depuis longtemps disparu de chez nous et revêtu le caractère d'un mythe, ainsi qu'aux nageuses olympiques en maillot noir, dont les épaules et le haut du corps permettaient de douter qu'il s'agît de femmes, m'entraînant irrésistiblement vers l'hypothèse de créatures tératologiques, mi-homme, mi-sirène, mi-oiseau de proie. À l'annonce du changement de direction, et avant que mes camarades du parc et moi eussions pu le voir en chair et en os, Helmut fut, malgré les petits pois au naturel, rangé dans la hiérarchie des étrangers à une place intermédiaire, car il était, comme nous, du bloc de l'Est. Bien au-dessus, régnaient les touristes finnois qui vendaient des blue-jeans occidentaux au marché noir et, ce faisant, se hissaient au rang de demi-dieux. Mais dès la réunion dans le hall de l'hôtel, nous apprîmes à reconnaître la supériorité d'Helmut en même temps qu'à nous en défier : bien que ressortissant de l'Est — donc, naturellement, un pauvre en puissance —, il avait ses entrées au magasin de l'Intourist où on pouvait acheter en devises étrangères des produits importés de l'Ouest. Helmut portait des costumes de l'Ouest, il arborait une paire de lunettes de l'Ouest et avait au bras une femme qui, cela nous sauta aux yeux, n'avait pas le moindre point commun avec les épouses soviétiques des gros bonnets.

Carlotta, aux côtés de son mari, observait la salle, un sourire aux lèvres. De prime abord, elle ne ressemblait guère à Charlotte, qui, comme on l'a dit, avait les cheveux châtains et les nœuds des épaules un peu trop saillants. Les héroïnes des récits de notre siècle ont gagné le droit d'être médiocrement jolies. Carlotta, elle, était belle comme un cliché. Elle avait les cheveux roux et légèrement gaufrés, était fine, boudeuse, rayonnante et myope. La myopie donnait à ses yeux verts une expression de langueur et d'ennui que son époux-directeur d'hôtel prenait pour le signe d'un désir inassouvi, d'une tendance latente à dépérir, à renoncer par avance à la vie, si bien qu'il lui offrait, achetés avec des marks allemands, des robes compliquées à col de fourrure, des chaussures pointues et des colliers hors de prix pour faire disparaître la langueur dangereuse, c'est-à-dire la myopie congénitale. Le seul défaut visible de Carlotta tenait à son mariage avec Helmut. Le feuilleton prenait la précaution de préciser qu'elle venait de Toscane et non du Mecklembourg. Ce n'était par conséquent qu'une alliance momentanée qui la liait à l'Allemagne, l'ennemi héréditaire, et à l'Allemand Helmut aux longues moustaches dont August se méfiait à juste titre (mais les lecteurs du feuilleton ne surent que bien plus tard pourquoi la méfiance d'August se justifiait. Au nom du sacro-saint suspense et des trucs éculés de la narration, ne disons donc rien sur le double jeu d'Helmut : revenons plutôt à Carlotta). Carlotta était mince et plutôt grande. Elle portait ce soir-là une robe mi-longue. Elle devait évidemment porter aussi des bottes, et de ce fait, elle en portait effectivement, des bottes de cuir souple, hautes et noires, ainsi que des bas si fragiles et si ténus qu'un regard trop insistant aurait suffi à les filer. Carlotta, nous observant, s'arrêtait un instant sur chacun des employés, marquait un léger étonnement, en évitant néanmoins de trop s'attarder. Au passage, elle regarda le bureau de la réception, le grand tableau en bois où sont accrochées les clefs, les rideaux noirs cachant la baie vitrée, les luminaires globuleux comme des œufs d'autruche, turgescents, suspendus au plafond. Tout cela pendant qu'Helmut discourait. Carlotta ne devait rien comprendre à ce discours, car nous supposions qu'elle ne parlait pas le russe. Son visage reflétait donc cela : la tentative de paraître comprendre ce qu'on disait ou du moins d'adopter une attitude aimable qui exprimerait son accord avec Helmut, voire avec toute l'assistance. Mais quand les yeux de Carlotta arrivèrent à mon niveau, qu'ils m'effleurèrent puis s'arrêtèrent sur moi, je lus autre chose dans son regard. J'en appelle à votre indulgence : rappelez-vous qu'à cette époque, aux débuts du feuilleton, ni August ni moi n'étions bien renseignés et que nous ignorions complètement ce que Carlotta pouvait savoir de nous. C'est pourquoi je lis ceci dans les yeux de Carlotta : bien que nantie d'un sourire aimable, elle ne pouvait être d'accord avec les lustres ronds, allumés dès quatre heures et demie, les rideaux noirs accrochés aux fenêtres, la décoration robuste de la salle, ni même l'uniforme bleu des employés. Selon ce que prévoyait le feuilleton, je tombai ainsi amoureux de Carlotta, mais non, comme prévu, à cause de sa silhouette, de ses jambes ou de ses seins, mais à cause du regard que j'avais intercepté, qui m'inspira de la compassion pour elle, venue d'un pays civilisé où le soleil ne se couchait pas en milieu d'après-midi, et tombée par hasard de ce côté du monde où le temps s'était figé depuis des décennies dans d'épais rideaux de lin. J'essayai d'imaginer Carlotta dans ce monde, au milieu des quidams mal habillés, des mémères qui vendent des glaces dans les impasses de la vieille ville et des trolleybus qui perdent leurs cornes, s'arrêtant d'un seul coup au beau milieu des rues comme s'ils avaient sombré dans un profond sommeil. Carlotta ne devait pas être au courant de l'essentiel, à savoir que dans ce monde à la limite du cercle polaire, il faut se prémunir contre l'hiver et le noir, que la nuit et le jour sont des draps qu'on tire à soi, de sorte que nous qui dormons au bord du lit, au-delà de sept monts et de cent rivières, nous sommes découverts pendant l'été, où le soleil qui ne se couche plus nous empêche de dormir, et étouffés pendant l'hiver, lorsque le drap ressemble à une couette rembourrée d'où l'on ne croit pas qu'on va ressortir vivants. Les légendes sur le soleil qui disparaît deviennent de nouveau vraies et les ciseaux, dans le tiroir de la cuisine, prennent une expression luisante, rusée, qui donne envie de grimper jusqu'au toit pour percer la couette épaisse du ciel. Mais lorsqu'on enfonce les lames pointues dans le duvet, les plumes de volatile qui le farcissaient s'échappent, et les enfants, qui ont le nez collé aux vitres, crient d'un étage à l'autre : « Il neige ! Il neige ! » On devait mettre en garde Carlotta contre cela, les légendes anciennes qui se réalisent, les cris sauvages des enfants du Nord, le lent, le doucereux désespoir de l'hiver et la neige fondue par paquets sur les avenues. Je n'étais pas bien sûr qu'Helmut en soit capable, et à la façon dont Carlotta l'examinait du coin de l'œil (il y avait, sur son costume gris, un cheveu qui devait l'agacer terriblement), elle ne paraissait pas en être sûre non plus. Donc Carlotta me regarda. Je lui souris et elle baissa les yeux. August et moi connûmes ainsi le sort d'Helmut : je tombai amoureux des yeux de Carlotta et de leur apparente vulnérabilité. L'instant d'après, Helmut avait terminé. L'assistance applaudit le nouveau directeur, on nous offrit de la limonade et du café, le hall fut envahi par le brouhaha et Carlotta disparut parmi les gens de la direction qui lui tendaient à qui mieux mieux des gâteaux secs au chocolat.

La petite Marie fut oubliée sur-le-champ, sans aucun égard pour l'esprit patriotique, et je sortis prendre mon tour de garde dans le parc, songeant toujours aux yeux de Carlotta.

Quant à August, une fois qu'il eut écrit cela, ses bubons se mirent à dégonfler et le laissèrent enfin dormir la nuit. Ainsi Charlotte put-elle venir le voir dans son sommeil car August se mit dès lors à rêver, involontairement mais en continu, de cerisiers, de lapins qui les mangeaient, il se baisse pour panser les arbres blessés, et à cet instant le cauchemar se change en rêve car il sait que Charlotte va apparaître, des morceaux de tissus déchirés dans les mains. Il se réveille avant son arrivée, frustré de ne pas l'avoir vue et en même temps comblé, béat, ravi, car un peu du parfum de Charlotte l'a précédée et flotte maintenant entre la table de nuit et le lit, un léger parfum de verveine et de jasmin.

CHAPITRE 7

Début des beaux jours, mai 1996. Mi-novembre pour nous, encore, dans le parc. August avait fait tomber la neige, laquelle ne nous laissa plus de répit, agglutinée, aplanie ou écrasée, en cordillères sales autour des troncs, en paquets nuageux à la surface grenue qui, faisant des numéros d'équilibre sur les ramures, nous tombaient dessus sans prévenir quand le soleil apparaissait et les faisait fondre. Le reste se recongelait pendant la nuit et se tassait autour des branches comme de grosses moufles en angora.

Pendant ce temps, August était assis à son bureau. Depuis l'apparition de Carlotta, dans l'épisode n° 45, il n'avait plus qu'une colonne au lieu de deux ; en revanche, la fréquence du feuilleton avait changé, celui-ci ne paraissant plus seulement le samedi, mais cinq jours par semaine, du lundi au vendredi. August consacrait donc ses matinées au feuilleton, un peu moins concentré que de coutume à cause du souvenir vacillant de Charlotte qu'il repoussait de toutes ses forces, essayant de la remplacer par Carlotta comme s'il ne s'agissait pas de la même femme, celle-ci prenant des proportions énormes à l'arrière-plan et devenant de plus en plus difficile à ignorer. Il y avait aussi l'arrivée du printemps qui n'en finissait pas de s'installer ; le mercure montait dans l'appartement (sans aucune incidence sur le climat dans le parc, toujours aussi humide, maussade et froid), la sève se réchauffait quelque part dans les racines et se déversait subitement dans les veinules comme l'eau chaude dans un radiateur. Ces glouglous dans les tuyauteries de la nature dilataient le corps congestionné des hommes, y compris celui d'August, crispé, entortillé, qu'ils faisaient respirer, s'étirer, s'épanouir, tandis que sous la peau, dans sa gorge, son estomac, ses sentiments jusque-là soigneusement ficelés luttaient pour se donner libre cours.

À midi, August cessait d'écrire. Il se rendait à pied au siège du *Tänapäev*, n'ayant, une fois sorti des rues cabossées du quartier, qu'un quart d'heure de marche sur le boulevard, le long des tilleuls poussiéreux, dont personne ne cueille les fleurs pour en faire de la tisane. Tandis qu'il avançait sur le boulevard, ses pensées ligotées depuis trop longtemps se mettaient à bouger en même temps que ses jambes ; il leur laissait un peu de liberté, leur tenait pour ainsi dire la bride sur le cou car il était enfin hors d'atteinte de ses remords, et le monde extérieur s'engouffrait en lui, y faisant suffisamment de bruit pour que ses émotions et ses désirs paraissent moins bruyants en comparaison. Il songeait à Charlotte, avec retenue, même en cette circonstance. Mais quand il arrivait dans l'immeuble du *Tänapäev*, il ne pouvait plus fuir devant Charlotte et devait affronter ce qui le tracassait, aussi vrai que, pour rendre ce qu'il avait écrit, il devait emprunter le pater-noster qui montait aux bureaux du troisième étage. Cet ascenseur était un vestige historique, l'un des premiers installés à Tallinn, c'est pourquoi, malgré les réclamations des employés, il n'avait pas été remplacé par un modèle moderne. Charlotte et l'ascenseur allaient ensemble. Si bizarre que cela puisse paraître, August associait Charlotte à l'ascenseur depuis qu'il avait fait un rêve incongru où Charlotte montait et descendait, précisément dans le pater-noster du *Tänapäev* qui reliait le grand hall jaune d'en bas aux couloirs marron et gris du haut. Dans une certaine mesure, je partageais les rêves d'August. Je puis donc avancer avec quelque raison que si August rêva du pater-noster c'est qu'il renvoyait, ce sacré ascenseur, à quelque chose qui le tourmentait. August voyait en rêve des corps disloqués, des têtes privées de jambes, des épaules sans bras. Sans doute se sentait-il disloqué lui-même, et avait-il du mal à s'accepter tel qu'il était, l'amitié pour Eerik, l'attirance pour Charlotte formant en lui un grumeau affectif qui ne voulait pas se dissoudre. Passaient sans doute dans le pater-noster les sentiments contradictoires d'August, mais aussi le portrait morcelé de Charlotte qu'il n'arrivait pas à recoller. La joie, l'énergie, la véhémence de Charlotte, sa nostalgie, ses cachotteries, ses sautes d'humeur ne tenaient pas bien dans le même portrait. August les reprenait et les recomposait, les rassemblait dans un ordre différent pour en faire sortir les traits de Carlotta. Mais Carlotta était entière, non disloquée, elle n'aurait pas pris le pater-noster car elle se présentait tout d'un seul bloc. Elle avait les qualités de ses défauts et les bons penchants de ses mauvais côtés. August essaya de la pourvoir de quelques contradictions et incohérences pour faire croire à une douloureuse faille intérieure, mais ce n'étaient que des états d'âme superficiels. Il avait de la chance : l'époque l'y aidait, les lecteurs n'appréciaient plus qu'on morcelle les personnages. August employa donc la lisseuse littéraire, passant soigneusement par-dessus les joints et faisant disparaître les moindres accrocs. Tant mieux d'ailleurs, car je n'aime pas les femmes trop compliquées, sujettes aux maux de tête et à l'introspection. Carlotta fut parfaite ainsi, sans accrocs, sans dilemmes ni questionnements.

Cela ne réglait pas le problème d'August : Charlotte, même après l'invention de Carlotta, demeurait difficile à rassembler. D'ailleurs, il n'y avait pas que Charlotte dans l'histoire. Il y avait aussi Eerik, qu'on ne pouvait dissocier de Charlotte, Eerik déjà vieux, Charlotte trop jeune, ces deux-là collés dans le pater-noster, montant et descendant ensemble, qu'on le veuille ou non. August s'interrogeait sur ce mariage. Il s'en approchait sur la pointe des pieds parce qu'il s'était déjà senti indélicat devant Charlotte et que depuis, même en son for intérieur, il gardait la hantise de commettre un impair. Néanmoins, des questions surgissaient périodiquement, faisant leur apparition en August au même rythme que la cabine de l'ascenseur, puis disparaissant entre les étages sans lui laisser le temps d'entrevoir une réponse. Les absences d'Eerik, la rancune de Charlotte appelaient une explication.

La voici : Eerik demanda la main de Charlotte et Charlotte accepta, par amour, admiration, ennui ou simple besoin de faire quelque chose. Le mariage eut lieu au printemps 1990. Eerik était un ami de la famille, une espèce de cousin éloigné, un cousin sans lien de parenté. Charlotte et lui avaient dû se croiser quelquefois alors que Charlotte était encore enfant et n'avait pas le plus petit intérêt pour Eerik. Sa distance puis sa proximité avec Eerik tiennent dans cette étrangeté du temps qui fait ressembler celui-ci à une longue-vue : au départ, tous les tubes sont déployés et les années paraissent aussi loin les unes des autres qu'un siècle ou plusieurs décennies. Eerik, qui a vingt ans en 1975, ne pense pas un instant que cette petite fille crottée, Charlotte, huit ans, avec sa robe à smocks, pourrait être un jour son amante et sa femme. Quinze ans plus tard, les tubes se sont rapprochés, le télescope s'est refermé et voilà qu'Eerik, qui se lance dans les affaires, et Charlotte, qui vient d'obtenir son premier emploi, sont presque prêts à se marier. Il manque seulement la rencontre fortuite dans la rue, Eerik reconnaissant Charlotte (qu'a-t-il reconnu exactement ? Les pommettes d'enfant sous les pommettes de femme, les cheveux blonds devenus châtains ?) et l'invitant à déjeuner. Ainsi donc, au printemps 1990, Charlotte vient d'entrer dans la tranche d'âge d'Eerik, tandis qu'Eerik a suffisamment rajeuni pour pouvoir prétendre l'épouser.

D'ailleurs, dans la fièvre patriotique de ces années-là, n'importe quel père aurait voulu Eerik pour gendre : c'était un personnage public, couvert d'honneurs et de responsabilités, à cause du rôle qu'il avait joué dans l'accession de l'Estonie à l'indépendance. Seul le père de Charlotte ne croyait pas aux gendres, surtout pas à Eerik, qu'il trouvait trop vieux. Le père de Charlotte était libraire ; il aimait par-dessus tout les romans russes du XIXe dont les héroïnes portent des noms compliqués. Il n'était pas pour les mariages précipités ni pour les partis avantageux. Charlotte avait un père comme on en trouve dans les romans. Et après tout, il n'était pas tellement invraisemblable, pas tellement en décalage avec son époque car Charlotte venait juste d'avoir vingt-trois ans, l'âge des héroïnes, du romanesque, l'obligatoire exubérance de la jeunesse qui vient de tout ce qui lui reste à vivre, des possibles qu'on commence à entrevoir et qu'il va falloir faire tenir dans un futur qui somme toute n'est pas si grand, comme l'explosion tient dans le noyau d'uranium et la ramure du pommier dans un pépin. Mais Charlotte fit ce qu'elle voulait. Cela n'explique pas pourquoi elle le voulut et fut prête pour Eerik à se fâcher avec son père. Eerik était peut-être l'illusion de liberté qu'offre aux demoiselles inexpérimentées une amourette avec un homme trop vieux. Il donnait l'impression trompeuse du pouvoir, tenant au fait que, contrairement à Charlotte, il avait déjà laissé son empreinte sur les choses, avait déjà eu l'occasion d'accomplir des actes que Charlotte ne pouvait que soupçonner. Bref, aux yeux de Charlotte le charme d'Eerik tenait sans doute au déséquilibre entre elle et lui, au décalage accidentel de quelques dents sur le peigne du temps.

Ou alors ? Ou alors, Eerik était autre chose, le signe d'un détachement prématuré, de la résignation, de l'adieu au romanesque ? Charlotte resta cependant romanesque pour August, elle le resta tellement que, pendant quelques semaines, elle fut entièrement happée par la fiction, devint idéale, épurée, consacrée, épousa parfaitement les contours de Carlotta. Or, les contours de Carlotta criaient sur tous les toits les sentiments amoureux d'August qui croyait bêtement s'en être tiré par le pauvre subterfuge du pseudonyme de Carlotta et par la transfiguration de son amour pour Charlotte en un amour abstrait, désincarné — comme si les formes désincarnées de la littérature n'avaient pas leur pendant physique, charnel, qui invitait à toucher, à goûter, à faire l'amour, à ne pas se contenter de sentiments ou d'idées.

Mi-novembre donc, la neige était tombée. Un brouillard cafardeux planait sur le parc. De loin, il paraissait pulvérulent comme de la farine en lévitation, mais si l'on s'approchait, il retombait au sol comme un tapis trop piétiné, informe, humide, qui mouillait les chaussettes à l'intérieur des bottes. La température avait encore baissé, si bien que chacun portait avec soi, en sus de son corps matériel, un ectoplasme de fumée qui s'échappait par intervalles du nez ou de la bouche, remontait filer vers les fabriques de neige pour nous en revenir sous forme de flocons. Plusieurs fois, depuis la réunion dans le hall, j'avais vu Carlotta traverser le parc, habillée d'un manteau gris doublé de bleu et coiffée d'un drôle de béret asymétrique, que décorait une rose en feutrine grise, placée sur l'ourlet gauche, sous le lobe de l'oreille. Une fois, nous échangeâmes un signe de tête ; je n'étais pas sûr qu'elle m'ait reconnu, mais peu importe, à partir de ce moment-là, je pensai à elle en continu : Carlotta en gris, ponctuée de blanc, bien enveloppée dans son manteau, s'enroulant soigneusement dans sa doublure bleue pour faire face aux violentes rafales qui projetaient en l'air des tourbillons de neige. Mais il est dans la loi du roman-feuilleton de ne pas hésiter devant l'invraisemblable. Si improbable que cela puisse paraître, Carlotta aussi pensa à moi : à la fin du mois de novembre, j'étais convoqué par la direction de l'hôtel à un interrogatoire dont on ne me présenta pas le but. Quelqu'un s'était aperçu que je parlais allemand. Cette caractéristique, jusque-là ignorée, était devenue tout à coup très importante. L'interrogatoire commença là-dessus :

« Théodore Alassar, né à Kõpsu ?

— Oui.

— Le 15 mai 1964 ?

— Oui.

— Service militaire 82-84 ?

— Exactement.

— Dans la caserne n° 10, à Võru.

— Toujours exact.

— Père : Alassar Alfred, paysan. Kolkhoze de Kõpsu. Depuis 83, préposé au parc des machines. Mère : Magdalena Lamp.

— Oui.

— Née en 1939.
— Oui.
— Grand-mère : Lydia Lamp.
— …
— Pendant la République estonienne a fait partie de l'Organisation des jeunes femmes estoniennes. Après guerre : kolkhozienne (kolkhoze n° 17), plus d'activité antisoviétique connue. Camarade Alassar ?
— Oui.
— Vous êtes inscrit à la faculté de philologie, département des langues germaniques depuis septembre 1984.
— Oui.
— Employé comme gardien par l'hôtel Reval depuis l'automne 85.
— Oui.
— Camarade Alassar ?
— Oui ?
— Avez-vous eu ou avez-vous actuellement des activités pouvant être considérées comme illégales, des liens avec des personnes ou des groupes pouvant être considérés comme poursuivant une activité susceptible de nuire à la société soviétique ? »

Voilà donc ce qui les préoccupait. Au demeurant, l'homme qui me posait les questions avait une expression parfaitement neutre. Veste bleu nuit bien repassée. Chemise à rayures repassée elle aussi, mais coupe soviétique des dernières années, c'est-à-dire un peu trop large d'épaules et d'emmanchures, arborant des boutons en plastique blanc. À ses côtés, la secrétaire, les cheveux au carré, de gros bras, une grosse poitrine, une blouse à pois rouges du plus mauvais effet. En face, moi, mal à l'aise sur ma chaise. Évidemment, ils avaient en tête les réunions à la faculté d'histoire et les rencontres informelles du Cercle des historiens.

J'avais le sentiment désagréable que, bien avant de m'avoir écouté, l'homme en bleu était parfaitement au courant de ma participation aux réunions d'historiens. On m'avait embarqué dans un récit dont personne n'avait cru nécessaire de m'exposer les tenants et les aboutissants. La seule finalité qui m'apparaissait clairement était celle, extérieure, d'August, qui avait promis un feuilleton héroïque et qui devait tenir sa promesse. Les lecteurs d'August voulaient du suspense, des sensations fortes et de l'adrénaline, il fallait bien qu'un jour ou l'autre j'en fasse les frais. August dressa donc le cadre approprié, accumulant dans l'épisode de l'interrogatoire une multitude de détails historiques : le téléphone marron à cadran rond sur le bureau, le bureau lui-même en bois banal, la pièce aux rideaux soigneusement tirés située dans l'aile de l'administration dont l'entrée était gardée par un digicode. Au mur, un portrait de Gorbatchev, dont le haut du crâne, chauve, luisant, maculé d'une tache d'encre indélébile, faisait penser à un morceau de globe terrestre, avec au centre son petit bout d'océan bleu. August, voulant accentuer l'aspect inquiétant de l'entrevue, déforma sciemment les lieux, rendant les rideaux plus noirs, le bureau plus massif, et la secrétaire particulièrement laide.

« Camarade Alassar ?

— … (hochement de tête)

— Connaissez-vous un certain Egon K. ? »

August m'ayant à ce moment précis doté d'un courage hors du commun et d'une candeur proportionnelle, je secouai la tête en signe de dénégation.

— Camarade Alassar… (La chemise à rayures faisait durer

les silences, tandis que la secrétaire serrait les lèvres et se curait les ongles avec la pointe d'un crayon gris.) Camarade Alassar. Savez-vous que les activités antisoviétiques sont sévèrement punies par la loi ? »

Je hochai la tête avec conviction, décidé à jouer l'innocent jusqu'au bout.

Je passe sur la suite de l'interrogatoire, où j'entendis encore une bonne vingtaine de fois mon nom, prononcé sur tous les tons : le reproche, l'étonnement, la menace, la flatterie. L'homme en chemise s'impatientait. Il se leva deux fois pour prendre des classeurs, se rassit, me regarda droit dans les yeux, déglutit bruyamment puis soupira, énuméra la batterie de mesures répressives prévues pour rappeler à l'ordre ceux qui — comme moi — contrevenaient à la loi soviétique. Mais August m'ayant voulu héroïque, je persistai dans mon déni. Après trois colonnes d'interrogatoires, satisfait de moi, il me permit enfin de quitter le bureau, sans dissiper néanmoins mon malaise.

Je faillis bien me noyer ce soir-là dans la nappe de brouillard qui planait dans le parc, et peut-être cela eût-il mieux valu. Malheureusement, le lendemain matin, je trouvai dans mon casier une lettre me proposant un changement de poste : adieu neige, verglas, brouillard pulvérulent ! J'étais nommé à la réception de l'hôtel. Aussitôt, j'oubliai l'entrevue de la veille. J'avais une semaine pour réfléchir. J'acceptai le matin même. Je dis donc adieu à mes collègues du parc, leur offris des bières au comptoir du Hell Hunt, promis de revenir les voir, ce que bien sûr je ne fis jamais.

Le lundi suivant, j'avais mon uniforme et on m'attribua une place au guichet de la réception. À l'exception du week-end, j'étais de quart la nuit, c'est-à-dire à des horaires où je voyais peu de monde. Je devais d'ailleurs noter les allées et venues dans un grand cahier vert à petits carreaux, où devaient figurer également les numéros des chambres qui recevaient des visites, avec nom et description de la personne. Assis derrière le long comptoir, je regardais s'allumer le bouton des ascenseurs. Flèche vers le bas, flèche vers le haut, petite lumière blanche, allumé/éteint. Carlotta vivait quelque part dans ces hauteurs, dans l'appartement du dernier étage, dont la terrasse, agrémentée de trois sapins, était visible de la rue. J'observais les ascenseurs avec attendrissement car ils étaient la voie d'accès à Carlotta, une sorte de vecteur entre elle et moi, même s'il ne m'était pas permis de les emprunter pour monter jusqu'au 23e étage. Le spectacle monotone des ascenseurs me devenait encore plus doux lorsque je me laissais aller à réfléchir au rôle que Carlotta avait peut-être joué dans ma promotion inattendue.

Quant au pater-noster du *Tänapäev*, si cela vous intéresse, il fut remplacé quelques années plus tard par un ascenseur des plus modernes qui possédait une porte en bonne et due forme se dépliant en accordéon et qui, surtout, s'arrêtait comme il faut aux étages. Le changement finit par s'opérer quand les usagers eurent signé une pétition car ils faisaient, eux, des cauchemars de chute répétés et jugeaient l'ancien modèle trop dangereux. On vint ; on mit en place la nouvelle cabine, au demeurant sans faire disparaître les cauchemars, car ni la peur de la chute ni les rêves s'y rapportant ne remontent à l'invention des ascenseurs, mais à un atavisme du cerveau humain qui, la nuit, se souvient des temps préhistoriques où l'homme était perché dans les arbres comme un oiseau, sans posséder toutefois les plumes des volatiles, mais doté du poids des mammifères.

CHAPITRE 8

En juin, August reçut une lettre, arrivée dans son casier, au *Tänapäev*, là où atterrissaient habituellement les bulletins de salaire, les annonces syndicales et, depuis quelque temps, le courrier des lecteurs. L'expéditeur en était Eerik, plus exactement Eerik Pall, c'est-à-dire le directeur des usines Syntolab. Le haut de la feuille et le coin gauche de l'enveloppe portaient le logo de l'entreprise, un microscope se transformant en caducée. La lettre et l'adresse étaient dactylographiées, mais Eerik avait signé à l'encre bleue, et ajouté en bas de page des *amitiés*, elles aussi gribouillées en bleu. La lettre constituait une invitation : l'usine pharmaceutique Syntolab souhaitait organiser entre ses murs une lecture du feuilletoniste August Paterson, auteur apprécié de ses employés. August avait déjà fait des lectures. La dernière avait eu lieu dans le café Kalevipoeg, où August avait lu l'épisode 60, devant paraître le lendemain, et qui dévoilait qu'Egon, l'un des leaders du Cercle des historiens, possédait un chat angora, avait dans sa cuisine une douche en cuivre ressemblant au combiné d'un téléphone mais ne donnant jamais d'eau chaude, et qu'il cachait dans l'armoire à vaisselle quelque chose que Théodore n'avait pas eu le temps de voir. À l'issue de la lecture, le public applaudit comme il le fait toujours pour deux raisons possibles et opposées, l'enthousiasme ou le soulagement. Quoi qu'il en soit, August fut applaudi et dut ensuite répondre à des questions de ce type : « Comment s'appelaient les autres membres du Cercle » ? — « Carlotta fréquentait-elle les cinémas, le théâtre ? Et si non, quelles étaient ses occupations ? Quand, comment, à quelle occasion avait-elle quitté son Italie natale ? » Et : « Dans quelle mesure Théodore parlait-il vraiment allemand, eu égard au niveau de l'enseignement des langues, dans l'Estonie des années 80 ? »

August n'avait pas peur des questions, si saugrenues et indiscrètes soient-elles. Ce n'est donc pas cette raison qui le fit hésiter. August craignait sans doute, je le comprends !, la rencontre du modèle et de la fiction, la confrontation à la Charlotte réelle qui avait fini par disparaître tout à fait pour céder sa place à un être imaginaire. Mais August était par ailleurs conscient d'avoir contracté une dette envers Eerik en lui empruntant sa femme. N'était-il pas contraint d'accepter l'invitation ? Il ne se décida qu'après s'être persuadé que Charlotte n'assisterait pas à la rencontre (je résume les arguments qu'il passa en revue : elle devait s'occuper de Mart, ne s'intéressait pas au feuilleton, et surtout, n'était pas le genre de femme à remplir une bête fonction d'épouse de directeur). Passons sur le genre de femme qu'était Charlotte. Soulagé d'avoir pris une décision, August envoya sa réponse à Eerik. Eerik avait anticipé la réponse, puisque, avant même la fin de la semaine, il avait fait coller dans toute l'usine des affiches annonçant la venue d'August, avec mention de la date, de l'heure et du lieu.

C'est ainsi que, le vendredi 13 juin, August arriva par le bus à Pärnu. Eerik l'attendait pour l'emmener à l'usine, et à côté d'Eerik se tenait Charlotte, en robe turquoise, en chapeau rose, un léger foulard gris enroulé autour du cou. Eerik traitait August en invité d'honneur, lui prodiguant des soins exagérés. Charlotte quant à elle se montra cordiale, s'adressant à August comme à un ami, et non comme à une vague connaissance. Ayant suivi l'apparition de Carlotta dans le feuilleton, elle se sentait mal à l'aise (ayant peur de ne pas être à la hauteur du personnage) mais aussi flattée, la description de Carlotta indiquant sans doute possible qu'elle plaisait à August. Son amour-propre lui ordonnait de faire le nécessaire pour qu'August reste sur sa première impression, et que Carlotta demeure Carlotta. Elle se montra coquette, pencha son chapeau, évita de donner le bras à son époux, fit remarquer le décor pittoresque à August : une ville thermale de taille moyenne, des fontaines rondes dans lesquelles barbotent des tritons, des parcs à balançoires qui grincent, des petites maisons jaunes, roses et blanches, la plupart en bois, certaines en pierre, des baigneurs revenant lentement de la plage et mangeant des glaces qui leur coulent entre les doigts. Au milieu de tout cela, les mésanges et les moineaux : tsiou tsiou tsiou, queue en l'air, bec en bas.

On rejoignit la voiture d'Eerik, et Charlotte s'assit à l'arrière avec August, pour, dit-elle, lui indiquer ce qu'il y avait à voir : pas grand-chose en dehors du minuscule théâtre et d'un immense centre commercial. Elle précisa qu'après l'indépendance, on avait donné un nom de poète à cette rue. C'était en fait Lydia Koidula, une poétesse du XIXe siècle, l'une des premières à avoir écrit en estonien, qu'on honorait en lui consacrant une rue, et en lui concédant le droit inappréciable de faire ses courses au supermarché.

Eerik, relégué au rôle de chauffeur, roula très vite et fut content d'arriver à l'usine. Celle-ci se trouvait à la périphérie de la ville, dans un quartier de grands immeubles, à l'embouchure d'un fleuve aux eaux brunâtres, qui semblait mis sous perfusion tant il y avait de tuyaux qui s'y déversaient, et dont la rive était investie, elle, par une colonie de grues mécaniques, dressées sur une seule patte comme des hérons. Devant l'usine, le comité d'accueil. August devait d'abord visiter les lieux et pour cela se conformer aux normes d'hygiène. Il fut donc affublé d'une blouse blanche, d'un bonnet bouffant ressemblant aux coiffes de bain et de chaussons maintenus par des élastiques. En enfilant ces accessoires, August se souvint des cours de natation, où l'on portait un bonnet en caoutchouc collant qui donnait un aspect glabre et oblong aux têtes, disproportionné par rapport au reste du corps ; persuadé d'être ridicule, il n'osa plus regarder du côté de Charlotte, de peur d'être regardé à son tour. Il eut tort car les chapeaux seyaient à Charlotte, y compris le bonnet vert à élastique qui lui soulignait joliment les yeux et laissait même dépasser quelques mèches de cheveux, ce que personne n'eut l'audace de lui faire remarquer.

Voilà August qui longe le couloir central : à droite, le laboratoire d'essais, à gauche, les salles de production. On lui désigne d'abord la grande presse mécanique qui, d'un côté, avale la substance active, de l'autre, recrache des comprimés. Puis les petites rondelles de médicament dont on lui dit qu'elles seront — sont déjà — de l'aspirine, avancent sur un étroit tapis roulant jusqu'à la table où se fait la mise en plaquettes. Dans la salle d'à côté — aveugle elle aussi — les grosses bonbonnes blanches au ventre luisant font entendre des borborygmes sonores, des rumeurs souterraines et liquides d'intestins. Des employés surveillent les températures. August n'est plus très concentré, si bien que des images parasites, incongrues, assemblage de souvenirs de lectures déjà lointaines et d'objets aperçus lors de la visite, commencent à glisser devant son œil intérieur : l'usine, blanche, fermée, sans fenêtres, se transforme en un tunnel immaculé, qui n'est autre qu'un nouveau type d'enfer, adapté à notre époque, désinfecté, affairé, anonyme, éclairé par la lumière permanente des néons. August remarqua — était-ce aussi une chimère ? — que tout au bout du long couloir, deux portes métalliques étaient condamnées, barrées de ces bandes adhésives fluorescentes qui signalent un danger dans les films catastrophes. Ces portes frappèrent l'imagination d'August qui, vagabondant dans les enfers, situa derrière elles une salle de tortures, une enclave chimique, un lieu hautement contaminé. Heureusement, Eerik mit fin au supplice : il avait intercepté le regard inquiet d'August et y répondit le plus simplement du monde en spécifiant que les pièces dissimulées derrière les portes étaient en cours de rénovation. Entendant l'explication, August remonta vers l'usine pharmaceutique, vers l'aspirine et la machine à emballer. Eerik dit alors qu'on devait laisser souffler August, car la lecture avait lieu dans une demi-heure.

Il emmena August à la salle de réunion, l'installa devant un pupitre — on lui apporta du café et de l'eau — puis le quitta pour partir à la recherche d'une secrétaire qui, paraît-il, n'avait pas installé toutes les chaises. August, resté en tête à tête avec Charlotte, échangea avec elle quelques paroles anodines à l'occasion desquelles Charlotte rougit au moins trois fois. Elle se trouvait dans une position étrange, revenant vers un passé qu'elle croyait révolu, où avaient été délaissées depuis longtemps ses réactions de jeune fille inexpérimentée. Car celui qui s'adressait à elle n'était plus l'August rencontré au mois d'avril. August était assis derrière le pupitre, c'est-à-dire officiellement intronisé écrivain. Changement semblable à celui qui se produit lorsqu'on retrouve dans une banque ou un cabinet médical une connaissance souvent croisée dans la rue. La connaissance est devenue banquier ou médecin, elle est revêtue des attributs de sa charge et investie, par conséquent, d'une autorité quasi magique. Charlotte, elle, se trouvait dans la position du patient. Elle sentait par ailleurs qu'avant l'invention de Carlotta, elle-même n'existait que par accident, tandis que la Carlotta — donc la Charlotte d'August — ne pouvait pas ne pas exister, avait des raisons impérieuses d'être là, qui se ramenaient aux raisons d'August, August demandant des nouvelles du jardin, elle répondant, tous deux gênés, emberlificotés, retenus dans les limites de propos ordinaires alors qu'à l'intérieur d'eux-mêmes tout débordait, se renversait et s'agitait. Certains jugeront cette histoire extravagante. Pourquoi Charlotte fut-elle d'abord indifférente à August pour se laisser séduire ensuite ? La théorie du coup de foudre en vogue à notre époque voudrait que l'amour nous tombe dessus, ne soit pas une construction mais un événement. August lui-même sacrifia à cette théorie quand il s'agit de me faire rencontrer Carlotta. Il créa, par purification chimique, des sentiments recevables par tout le monde, fit bouillir, distilla la réalité toute crue afin de la rendre digeste pour ses lecteurs. Mais je soutiens, bien au contraire, que l'amour est une solution plus complexe, un de ces précipités rares qui ne s'obtiennent parfaitement que si l'on respecte un dosage scrupuleux et que l'on secoue le mélange un certain temps. Dans le cas qui nous intéresse, l'une des composantes fut l'amour-propre de Charlotte : la première fois qu'elle rencontra August, celui-ci n'était que le protégé d'Eerik ; la seconde, il était quelque chose en lui-même. On trouve encore, à notre époque, des hurluberlus osant affirmer que l'amour-propre s'opposerait à l'amour. L'exemple de Charlotte nous prouve le contraire, l'amour-propre étant chez elle l'ingrédient principal, ce qui détermina le précipité (un ingrédient certes enrobé, comme un cachet d'une amertume atroce se dissimule habilement sous une couche de saccharose). Ajoutez-y la fameuse relation triangulaire : Charlotte fut jalouse de Carlotta qui, elle devait l'admettre et l'accepter, bien qu'étant son avatar, restait néanmoins une femme à part entière, distincte d'elle, imprévisible, indépendante, entretenant avec August une relation intime.

Tout ceci étant rapporté — malgré le trouble et l'effervescence de Charlotte qui lui donnent l'impression que chaque minute dure une année, malgré l'exultation d'August, qui aimerait que ce chapitre se prolonge —, n'oublions pas l'heure, celle de la lecture. August et Charlotte n'avaient que trente minutes, les trente minutes allouées par Eerik tandis qu'il faisait la chasse aux secrétaires. À la fin des trente minutes, ni plus tôt, ni plus tard, Eerik revint, seul, sans secrétaire. Il ouvrit la porte à deux battants de la salle et s'installa à côté d'August, debout, pour regarder le public entrer. Nous voici rendus au paragraphe de la lecture. Je me permettrai d'en abréger la narration et de n'évoquer que quelques détails, à commencer par la présence de Charlotte, qui rendait August fébrile, lui insufflait un désir exacerbé de plaire et lui faisait surjouer son rôle (c'est-à-dire qu'il prit un air sérieux, se racla bruyamment la gorge, puis commença à lire d'une voix sonore en appuyant trop sur les effets d'intonation). August avait écrit en prévision de ce jour un épisode où Carlotta n'apparaissait pas. Il se peut que cela déçût Charlotte, mais en fin de compte elle et August en furent soulagés. Cela évita en tout cas à August de déclarer son amour à Charlotte devant tout le monde — en particulier devant Eerik. L'accent fut mis sur l'aspect historique : je participais à une réunion chez Egon K. où mon nouveau poste de réceptionniste éveillait un intérêt imprévu. Le choix de l'épisode eut plusieurs conséquences : d'abord, Eerik en fut ravi, car son nom — bien que lié désormais aux intérêts économiques — était encore attaché à la dissidence. Pendant les vingt minutes consacrées aux questions, il hasarda des réponses à la place d'August et profita de l'occasion pour glisser quelques rappels de ses activités d'antan. Il faut dire que la plupart des questions portaient sur le passé d'August, et celui-ci, réticent à en parler, n'était pas mécontent de laisser Eerik répondre. Le reste du temps, il fit comme d'habitude, c'est-à-dire mit à profit tous les expédients pour que la discussion tourne à la plaisanterie, pour éluder ou désamorcer les questions, qui tendaient toutes à faire de l'époque de la fin du communisme une sorte de Moyen Âge, une ère terrible d'où n'émergeaient que des héros ou des criminels. Au cours de ses précédentes lectures, August avait accumulé des phrases passe-partout : « Le passé est le passé, parlons plutôt de l'avenir », « L'héroïsme n'est qu'une question de circonstances », etc. Enfin, c'était son argument d'autorité, il cita un écrivain célèbre qui, lors d'une conférence de presse, avait déclaré pour se moquer des journalistes que son voyage forcé en Sibérie orientale l'avait définitivement guéri de la pneumonie. August se faisait ainsi peu à peu une réputation d'homme modeste et plein d'humour, ce que, je puis en attester, il n'était pas. Finalement, poussé par Eerik, par le public, par le désir, enfin, de plaire à Charlotte, il répondit à la dernière question, à savoir si en décrivant le Cercle des historiens, il rendait hommage à d'anciens amis. Au lieu de finasser comme d'habitude, il y répondit affirmativement, un petit accent solennel dans la voix. La discussion se termina sur cet aveu, car Eerik annonça dans la foulée que l'entreprise Syntolab venait de constituer un fond destiné à aider les jeunes créateurs, sur quoi la secrétaire d'Eerik, une jeune femme mignonnette en décolleté, montée sur des escarpins vertigineux (blonde de surcroît, le cliché de la secrétaire, pouvait-il en être autrement avec Eerik ?), alla remettre à August un grand carton rectangulaire représentant la somme qu'on lui offrait. Applaudissements enthousiastes de la salle. La séance d'autographes pouvait commencer. August, mécontent de sa dernière réponse, se rassura en se disant que le désir de vérité historique était suffisamment faible chez la plupart des gens pour ne pas passer le seuil des recherches actives. Sur ce point, August n'avait pas tort. Les lecteurs ne veulent lire que leur propre histoire, c'est pourquoi les récits doivent être compressés, construits pour fonctionner comme des cartables, en apparence étroits, sans trop de longueurs, mais où chacun trouve malgré tout un compartiment pour y ranger ses petites affaires. Il en alla de même pour le public d'August qui, aussitôt la séance levée, ne s'intéressa plus qu'aux autographes et se préoccupa alors exclusivement de ramasser de la matière pour le soir, le lendemain, où ils raconteraient à leurs connaissances, si possible en les rendant jaloux, ce que leur avait dit à eux personnellement August Paterson, le romancier, ce qu'il avait écrit spécialement pour eux sur l'exemplaire du *Tänapäev* qu'on leur avait distribué (Eerik ayant, le matin même, récupéré une pile d'invendus du 12 juin). En revanche, Charlotte ne bougea pas ; non seulement parce qu'elle pourrait avoir plus tard autant d'autographes qu'elle en souhaiterait, mais parce que la réponse d'August la rendait songeuse. Elle resta donc assise, regarda d'un œil rêveur le pupitre où officiait August, et quand August, qui ne savait plus quelle dédicace inventer, levant les yeux, remarqua ce regard songeur, il en fut à la fois heureux et alarmé.

Et maintenant, la fin du chapitre, s'il en faut une. Elle a lieu dans l'auberge Troïka à Pärnu, où Eerik avait retenu une chambre pour August, et où il l'invita également à dîner. L'auberge servait de la cuisine russe et trente-cinq sortes différentes de vodka : à l'orgeat, au poivre, au cassis, à la menthe, à la sauge, au citron, à la réglisse… Ici, je songeais, parce qu'il y avait de la musique, à faire danser Charlotte et August. Mais voilà que cela me semble prématuré. Non que cela ne se soit pas produit, encore moins parce que ce serait invraisemblable. Cependant, étant donné que la vie si ordinaire d'August m'offre peu de matière à dramatisation, il serait bon de retarder la danse avec Charlotte et ce qui s'ensuivrait nécessairement. Sans compter que l'amour nouveau-né de Charlotte, et celui, déjà bien installé, d'August, avaient besoin de temps pour se concrétiser, pour passer des sentiments aux faits, conformément à une loi universelle selon laquelle les événements perceptibles, qui représentent l'enveloppe externe des mouvements intérieurs, sont, dans l'immense majorité des cas, décalés par rapport à ces derniers et ne les reflètent qu'imparfaitement. Charlotte et August pouvaient bien être amoureux et même se toucher intérieurement, sans pour autant le faire sur la piste de danse. Négligeant d'éventuels témoignages contradictoires, j'affirme donc qu'August ne dansa pas, mais qu'il se contenta de boire de la vodka, que l'ivresse leva ses inhibitions de sorte qu'il se sentit, ce soir-là, parfaitement libre, libre au point qu'entre deux verres de vodka, il se voyait déjà embrassant Charlotte, lui serrant la taille, la caressant.

Ces images audacieuses nées de l'ivresse eurent des séquelles durables en August. D'abord le mal de tête du lendemain. Ensuite une honte diffuse quand il pensait à Eerik, qui, il s'en souvint, était marié à Charlotte, restait son ami et désormais mécène. Enfin, un changement dans ses représentations : depuis ce jour, August, qui était superstitieux, avait toujours eu peur des vendredis 13, les avait interprétés comme des jours néfastes, devint un inconditionnel des vendredis 13, les attendit, les cocha sur le calendrier et aurait commis n'importe quelle folie s'il avait eu le loisir d'en vivre davantage, si les cycles de la lune étaient différents, si les vendredis 13 étaient plus fréquents, si son histoire n'avait pas pris fin avant.

CHAPITRE 9

Dans ce chapitre, vous attendez de revoir Charlotte, mais c'est le chapitre d'August et d'Eerik. August lui aussi, depuis qu'il était rentré, cherchait une occasion de revoir Charlotte. Mais on lui proposa seulement de revoir Eerik, ce qu'il fit, bien obligé et à contrecœur, car par une opération très simple, le désir de voir Charlotte ne croissait en lui que proportionnellement à l'envie d'oublier Eerik.

Eerik, lui, ne se laissait pas oublier. Le mardi 17 juin, il téléphona à August pour lui donner rendez-vous le lendemain à La Fabrique, un bar de la rue Tõnismäe. August en déduisit qu'Eerik était en ville et eut au moins la maigre consolation de ne pas avoir à se figurer Charlotte avec Eerik, peut-être même dans les bras ou dans le lit d'Eerik. Ce détail mis de côté, le rendez-vous ennuyait August, et pour tout dire l'humiliait car Eerik voulait le voir pour lui remettre l'argent, le chèque qu'on avait montré à l'usine n'étant qu'un de ces rectangles de carton qu'on fait imprimer pour les jeux télévisés, avec le nom du bénéficiaire en bleu et la somme inscrite en italiques. Or, depuis qu'August travaillait au journal, il se jurait de ne plus se laisser humilier. Son amour-propre, longtemps forcé de se contenir, avait pris des résolutions inédites. Ces résolutions étaient certes branlantes, prêtes à être démontées au moindre coup, mais elles suffisaient à nourrir de la rancune envers les responsables de l'humiliation. Pourquoi Eerik n'envoyait-il pas l'argent par la poste ou ne le faisait-il pas virer sur son compte ? Pourquoi le rendez-vous et la remise en mains propres ? Il y a plusieurs réponses possibles à cette question. Eerik, qui n'avait pas grand-chose en principe contre le fait qu'on flirte gentiment avec sa femme, voulait peut-être garder August sous sa coupe. L'autre réponse, tout aussi plausible, est qu'Eerik avait des raisons politiques de juguler les bouffées d'indépendance d'August.

August alla au rendez-vous. Le bar se trouvait au dernier étage de l'un de ces hôtels flambants neufs qui, après l'indépendance de 1991 et l'arrivée des investisseurs étrangers, avaient poussé dans les rues de Tallinn comme des champignons après la pluie. En sortant de l'ascenseur, August fut intimidé. L'intérieur du bar ressemblait à une usine. Des fils de fer bleus, rouges et verts couraient en zigzaguant sous le plafond, les spots émettant une lumière violacée, couleur fleur de pomme de terre, étaient insérés dans de gros tubes métalliques, et les murs de la pièce eux-mêmes étaient couverts de tuyaux argentés, striés, d'un périmètre d'au moins cinquante centimètres, qui n'avaient jamais contenu aucun liquide ni gaz, mais étaient manifestement des tuyaux neufs, sans doute commandés à une agence de design qui les avait facturés à un prix exorbitant.

August inspecta la salle, vit qu'Eerik n'était pas là et s'assit à une table en plexiglas. Une dizaine de minutes plus tard, il se rendit compte de sa bévue : on devait commander au comptoir. August venait de signaler à toute la salle qu'il se trouvait là pour la première fois. S'en apercevant, il fut mortifié, lui qui se sentait dans la vie comme un homme entré par effraction dans un théâtre et qui, pourtant installé dans un fauteuil, ne parvient pas à suivre le spectacle parce qu'il s'attend à voir apparaître à tout instant le détenteur de la place qu'il a usurpée. Auguste croyait que dans la vie, il existait des places assignées aux êtres, et qu'en vertu de cette distribution, dont lui-même avait été exclu, certains avaient le droit, plus que d'autres, de prendre leurs aises, d'être là (comme si nous n'étions pas tous des émigrants, embarqués à bord d'un tramway qui ne s'arrête pas, et dont le long rectangle de lumière électrique, pâle, décoloré, fantomatique, traverse en clignotant l'histoire, sans jamais laisser descendre un passager). August, donc, constatant son erreur, fut saisi d'un violent sentiment de honte, auquel s'ajouta l'irritation contre Eerik, qu'il rendait responsable de la situation, puisque, si Eerik n'avait pas été en retard, August n'aurait pas commis la bévue. Lui qui était disposé à attendre tant qu'on voulait pourvu que personne n'en fût témoin, avait compris que l'attente publique est un délit, un crime contre le temps qui nous est imparti et qu'il nous faut pressurer jusqu'à la dernière seconde. Les autres clients avaient tous l'air très occupés : deux messieurs en costume, parlant affaires, trois jeunes filles autour d'un homme aux cheveux poivre et sel, en train de s'adonner consciencieusement aux loisirs, car ce temps-là aussi devait être rempli, par des cocktails, des bavardages et du shopping de toute façon payés d'avance par la chevelure poivre et sel. Il y avait bien, près du bar, un homme désœuvré en apparence, mais il ne pouvait s'agir que d'une pose, celle d'un dandy se livrant à la perversion suprême de perdre son inestimable temps. August, lui, n'avait pas les moyens de jouer ce rôle, ni même de fréquenter ce bar, où il fallait payer avant de consommer.

August prit une bière blonde à cent cinquante couronnes et en buvant cette bière, qu'il trouva mauvaise, pensa à ce qu'il aurait pu s'acheter avec l'argent : un ou deux livres ou deux places de cinéma, une moitié de chemise grise en solde de chez Baltic, deux mois d'abonnement aux transports urbains, une séance chez le coiffeur, etc. Il continua à ruminer jusqu'à ce qu'Eerik, en sueur, vêtu d'un complet bleu, entre dans la salle. Eerik salua August d'un signe de tête, se rendit directement au bar, puis, deux bourbons à la main, vint s'asseoir. Et voilà lancée la discussion idiote : quelques souvenirs de la lecture de vendredi, des questions sur le travail en cours d'August, sur la suite qu'il avait prévue d'écrire, questions qu'Eerik posa par courtoisie et auxquelles, désinvolte, il répondit lui-même avant qu'August ne réplique quoi que ce soit, qu'il respectait les mystères de la création et comprenait donc qu'August garde le secret sur son récit.

August n'appréciait pas le ton d'Eerik, mais tout cela restait dans les limites du supportable. Juste après, on aborda la politique et les projets d'intégration de l'Estonie à l'Union européenne. Eerik y voyait des accords et des contrats, August voyait Dante, Shakespeare et Schiller. Aucun des deux ne voyait les normes alimentaires, la pasteurisation du lait, les croissants à l'huile sous emballage plastique, ni les passeports à empreinte digitale incorporée. Ils voulaient à tout prix être européens, échapper à la vieille barbarie asiatique, lui préférant la barbarie européenne dont ils n'avaient pas encore eu à pâtir, ou si peu. Sur ce point au moins, ils furent d'accord. Eerik évoqua les problèmes de l'entreprise, des employés qui voulaient toujours gagner plus, mais il fallait bien leur serrer la vis, sinon on se ferait avoir comme à l'Ouest, il y avait des pays qui en étaient malades — de quoi donc ? August voulait savoir — eh bien la grève ! la grève en permanence, une vraie gangrène ! Les patrons étaient obligés de négocier ! Mais il fallait bien faire une marge, dégager des capitaux, tout simplement pour que la machine continue de fonctionner. August ne fut qu'à moitié convaincu. Il ne voulut pas polémiquer, parce qu'il s'y connaissait trop peu en économie et avait des convictions trop mal ancrées pour justifier une empoignade avec Eerik. En fait, la soirée aurait pu se passer bien si, tout en parlant littérature et politique, Europe, grèves et chiffre d'affaires, Eerik n'avait pas dragué la serveuse ; dragué tellement outrancièrement, à coups de champagne et de billets, qu'à minuit elle était assise sur ses genoux.

La serveuse s'appelait Mari-Liis. Elle était brune, cheveux à la garçonne, dix-neuf ans, jupe extra-courte et décolleté plongeant. Elle dit d'emblée à Eerik qu'elle possédait un cocker jaune et un fiancé. Elle avait passé son bac en juin. Elle attendait, allait vaguement à l'université, s'y était inscrite dans le but d'obtenir le prêt d'État pour étudiants (15 000 couronnes à 0 %), avait par ailleurs une petite fibre artistique, voulait plutôt faire de la photographie, s'était même renseignée sur le concours de l'école. Mais tout ça était tellement académique, et les critères de sélection n'étaient pas clairs. Vous voyez ça, les copinages, etc. Eerik présenta alors August comme écrivain et reçut tout le crédit de cette révélation. Il avait donc non seulement un tas d'argent, mais également des amis parmi les artistes : un financier côtoyant la bohème. August offrait à Eerik la valeur ajoutée, la petite touche de gratuité qui faisait monter les prix.

August, rigoriste, et disons-le aussi, jaloux, était indigné. Il se sentait aussi humilié pour Charlotte, et aurait presque rappelé son mariage à Eerik. L'idiot, au lieu de profiter de l'occasion, de pousser Eerik dans les bras de la nymphette pour ensuite récupérer Charlotte, en toute bonne conscience puisque Eerik la trompait ! Il pensait aussi à l'âge de Mari-Liis, et même à son fiancé. Pourtant, le fiancé lui-même n'y aurait sans doute rien trouvé à redire. Cela faisait partie de la règle du jeu : si avec ses jambes et son décolleté, elle avait choisi un perdant, un pauvre, il aurait eu des raisons de se sentir offensé. Mais dans le cas d'Eerik, c'était légitime ; il se serait incliné devant l'argent. Le tout était maintenant de ferrer Eerik pour passer des genoux à quelque chose de plus sérieux. La nymphette allait devoir fermer le bar, mais avant cela, elle souhaitait laisser son numéro. Eerik sortit son portable de la poche, un portable compact avec écran couleur, agenda, bloc-notes et tout le nécessaire. Il était prêt à enregistrer le numéro, quand il se souvint de quelque chose : il venait d'acquérir un nouveau téléphone ; il y nota le numéro. Quant à l'ancien téléphone, ancien de quelques mois, il le jeta négligemment sur la table comme un objet hors d'usage. August devinait ce qui allait se passer. Une fois qu'Eerik aurait quitté le bar, la nymphette à collants rouges, trop heureuse de l'aubaine, récupérerait le téléphone. August, dont le portable était antédiluvien, un monstre à grosse antenne et gros boutons, le convoitait aussi, sans se l'avouer, mais il ne pouvait être question pour lui de le prendre. C'est alors que son aversion pour Eerik le submergea, une aversion prenant appui sur l'envie. Car Eerik était en avance, ayant déjà un pied dans la civilisation du déchet. Or, quand August entrevoyait ce monde tout neuf, constitué des derniers modèles de téléphone, de sous-vêtements à usage unique, de dosettes de café en emballage individuel, de cravates d'un jour et de femmes jetables, il entrevoyait la liberté des riches, il devinait le soulagement qu'il y avait à jeter, à se débarrasser, à s'alléger, il devinait la liberté des riches, qui serait bientôt la liberté de tous, puis de nouveau la liberté de plus personne — mis à part une petite frange d'individus fortunés — quand la question la plus urgente qui se poserait ne serait plus de se débarrasser des choses, des choses qui attendaient d'être remplacées, mais de se débarrasser des déchets de choses, éparpillés partout, en décharges et compressés, incinérés, en fumées au-dessus des villes, stockés ou dispersés au fond des océans, dans le foie des tortues et le ventre des baleines, dans les semelles, le revêtement des autoroutes, et en dernier lieu, comme scandale ultime, dans le mâchefer, impossible à transformer.

L'envie lui taraudant le ventre, Auguste prit congé d'Eerik, en glissant au fond de sa poche l'enveloppe qui contenait l'argent de la fondation. Il eut la satisfaction mesquine de voir Eerik quitter le bar sans Mari-Liis, et aurait été encore plus satisfait s'il avait su que ces deux-là ne se reverraient pas, car le lendemain matin au bureau, en transférant sur le nouveau téléphone le répertoire bien fourni d'Eerik, la secrétaire effaça sans même s'en rendre compte l'unique numéro déjà enregistré. De toute façon, Eerik n'en aurait pas eu l'usage, puisqu'il avait à sa disposition autant de nymphettes qu'il en désirait : des blondes, des brunes, à peau mate ou claire, à jambes longues ou montées sur escarpins, des nymphettes qu'il n'avait pas à faire l'effort d'appeler car leur flair leur faisait sentir l'argent de loin.

CHAPITRE 10

Reprenons au moment où August quitte La Fabrique : Eerik lui propose de le ramener, August refuse, rejoint à pied l'avenue de Pärnu, passe devant la fontaine de l'hôtel Reval, au bassin rempli de menue monnaie, devant la colonnade clairsemée du théâtre, les vieux lampadaires à tête blanche et ronde enfilés comme un collier de perles au cou de la rue, devant le vendeur de bananes Chiquita, qui est encore là au milieu de la nuit comme s'il allait dormir derrière sa balance, les bananes jaunes en équilibre sur la balance bleue, l'un de ces vendeurs suppurés par les trottoirs ou exhalés par l'air du temps, les émanations spécifiques de l'époque, comme un pas hésitant mais plein d'attentes vers le futur miracle économique, la privatisation et l'abondance. August arrive chez nous à une heure, fait du bruit en tournant la clef dans la serrure, allume toutes les lampes, tire la chasse d'eau, puis va se coucher encore énervé, mais ayant commencé à oublier, ses griefs envers Eerik s'estompant lentement, devenant imprécis donc moins virulents, se changeant en une brume sentimentale dans laquelle l'envie, la colère et l'amertume se rencontraient, échangeaient leurs caractéristiques, et, en se confondant de la sorte, se réduisaient de nouveau à une simple irritation.

August aurait pu en rester là si le lendemain, en se rendant au *Tänapäev*, il n'avait pas vu l'article à la une. Cet article, qui ne lui était pas destiné, fit cependant sur lui un effet singulier, à peu de chose près comme à une amoureuse qui apprendrait par hasard que son amant la trompe. De même que l'amoureuse trahie se remémore les gestes de son amant, comprend soudain certaines de ses paroles et trouve un sens différent à certaines absences, August, sous le choc de la révélation, resta un instant immobile dans le hall et passa en revue ses rencontres avec Eerik, accordant un sens tout différent aux petites attentions délicates de celui-ci, à la lecture à l'usine, à la soirée de la veille. Peut-être avait-il tort d'ailleurs, mais n'est-ce pas le privilège des amoureuses trahies que d'accabler leur amant des reproches les plus fous, à la mesure de l'amour qu'elles leur ont voué ?

Enfin, demanderez-vous, que lut-il donc dans cet article ? J'ai recherché la coupure de journal partout, dans les brouillons d'August, dans ses tiroirs, dans les livres qu'il lisait à cette époque et où il aurait pu glisser le papier. Mais depuis qu'il a quitté l'appartement, plus rien ne semble à sa place, si tant est que quoi que ce soit le fût avant. Cette coupure, je m'en souviens, August l'avait gardée. Mais peut-être a-t-il fait le grand ménage, un certain soir, un soir de septembre où il revint de chez Charlotte, furieux et en même temps désespéré. Il commença par balayer d'un grand mouvement du bras les piles de papiers qui traînaient sur la table, les crayons, la vieille machine à écrire (sur laquelle il travaillait par coquetterie, même après s'être acheté un ordinateur neuf), qui tomba à terre avec fracas. Les papiers, les crayons, tout resta par terre comme s'il avait neigé autour d'August ; seule la machine à écrire remonta sur le bureau pour composer ces épisodes où tout se retourna et qui précipitèrent la fin d'August. Bref, l'article que je cherche a disparu. J'ai donc dû m'efforcer de le reproduire. Occupation puérile, avancerez-vous, mais quand les preuves nous manquent, il faut les créer. On me reproche d'ores et déjà un manque de détails : les robes de Charlotte, la longueur de ses ongles, la manière dont elle se maquillait les yeux, ses chaussures qui ne sont, je vous l'accorde, jamais décrites, auraient, paraît-il de l'importance. Mais je ne suis, quant à moi, ni romancier ni historien, je n'ai pas eu l'idée de tout noter, d'observer les ongles et les pieds de Charlotte. Pour que Charlotte et August reviennent du passé, pour que Carlotta aussi réapparaisse, quels moyens puis-je employer, sinon ceux-là, ces maigres et rares supports matériels qui nous renvoient à l'époque révolue du « Lycéen », des poivrons rougissants dans la serre de Charlotte et des explosions à l'héparine ? L'article. Je l'ai recopié mot pour mot, tel que ma mémoire l'avait enregistré, et je l'offre à votre lecture sans préambule car c'est de cette manière qu'August le lut, sans préambule, avertissement, ni introduction :

Le Tänapäev, *mercredi 18 juin 1996*

APRÈS L'EXPLOSION DU 28 MAI,
RIVERAINS ET EMPLOYÉS DE L'USINE SYNTOLAB
EN COLÈRE

Le climat au sein de l'entreprise Syntolab, à Pärnu, et dans le quartier de Jõesuu, reste extrêmement tendu. L'usine, qui compte 123 ouvriers, produit notamment de l'aspirine, des anti-inflammatoires et des anticoagulants (héparine). C'est dans la salle de fabrication de l'héparine que l'explosion s'est produite, dans la nuit du mardi au mercredi. « J'ai entendu une grande déflagration, et je me suis aussitôt jeté à terre. Ensuite, j'ai compris que quelque chose était arrivé dans la salle B. Les portes étaient fermées, mais malgré ça, de la fumée noire a commencé à en sortir. L'alarme à incendie s'est mise en route, et nous avons couru vers la sortie », a témoigné M., qui travaillait alors dans la salle contiguë, sur la chaîne d'emballage de l'aspirine (voir le *Tänapäev* du samedi 29 mai).

Trois semaines après, les causes de l'incident ne sont toujours pas élucidées et la direction de l'usine se refuse à reconnaître la gravité des faits. Le syndicat des ouvriers de l'industrie pharmaceutique (SOIPH), ainsi que l'association de riverains Air pur, constituée à la suite de l'explosion, accusent les dirigeants de l'usine de n'avoir pas pris toutes les mesures nécessaires pour protéger la santé des employés et des familles habitant à proximité de l'usine. De nombreuses personnes se sont plaintes, dans les semaines qui ont suivi l'explosion, de saignements de nez, vertiges et maux de tête. Marie, mère de 3 enfants, se dit très inquiète pour la santé de sa famille : « Je ne laisse plus les enfants jouer dans la cour car notre immeuble est à 300 mètres de l'usine, et on dit qu'il y aurait des substances toxiques qui se seraient répandues après l'explosion. » « La semaine du 3 juin, on nous a distribué un masque, mais même en le portant, j'avais sans arrêt des vertiges », « des saignements de nez, la tête qui tourne, on est nombreux à avoir eu les mêmes symptômes, mais la direction nous avait dit de ne pas nous inquiéter », ont témoigné des ouvriers souhaitant rester anonymes. Par ailleurs, plusieurs employés nous ont confié avoir subi des pressions pour ne pas parler de ces symptômes. Rappelons que ceux-ci correspondent aux effets secondaires enregistrés chez des patients ayant dépassé les doses recommandées d'héparine ou dont l'organisme tolère mal cette molécule. Le délégué syndical du SOIPH réclame une enquête plus poussée et la venue d'un expert indépendant afin de déterminer la gravité des nuisances environnementales et sanitaires provoquées par l'explosion. Contactée par le *Tänapäev*, la direction de l'usine n'a pas souhaité répondre.

L.P.

L'article et la réaction d'August exprimaient une commune indignation, une indignation d'ailleurs propre à leur époque, motivée par la foi nouvelle en l'argent, dont l'existence n'était plus que symbolique au début des années 1990 puisqu'il n'y avait alors plus rien à acheter ; l'argent, qui avait changé de nom, retrouvant sa valeur perdue grâce à cette transsubstantiation, et promettant de venir tout régénérer, en rendant la vie meilleure et le temps plus cher, les villes et les maisons moins monotones, en produisant pour chacun son modèle de rideaux, sa voiture, son téléphone, sa télévision, récompensant les bons, punissant les méchants. Comment les bons, ceux qui possédaient l'argent, pouvaient-ils faire défaut à l'espoir placé en eux ? À ce scandale qu'on ne pouvait accepter, August ajoutait des griefs personnels. L'invitation à l'usine n'était donc pas sincère, ne reposait nullement sur l'estime d'Eerik qui reconnaissait le talent d'August, mais seulement sur un calcul des plus sordides. Eerik savait qu'August devenait populaire, que les employés de l'usine lisaient son feuilleton et l'associaient de surcroît à la dissidence, donc à des événements encore frais dans les mémoires qui servaient à sanctifier l'époque présente en faisant de celle-ci l'âge de l'opulence, de la liberté et du progrès (car qui aurait aimé revenir en arrière, au temps de la censure et des rayons vides, des journaux soviétiques et des robes mal coupées ?). Toute la visite avait été une mascarade destinée à redorer le blason d'Eerik. August s'en voulait de s'être laissé avoir. Peut-être même Charlotte était-elle au courant et jouait-elle un rôle écrit par son mari ? Néanmoins, le premier moment de colère passé, August décida d'innocenter Charlotte et de ne se venger que de son époux. Au lieu de vendre sciemment ses services à Eerik et pourquoi pas à d'autres industriels qui commençaient à comprendre l'importance des histoires, celles qu'on faisait circuler, celles que chacun se racontait, au lieu d'appeler Eerik et de s'expliquer, il décida d'employer la voie retorse, celle que lui offrait l'écriture du « Lycéen ».

Nous voilà faisant les frais des humeurs d'August, ballottés dans un récit qui se disloquait et prenait de nouveau une tournure imprévue. Car August voulut tout exprimer tout de suite, la trahison d'Eerik, l'amour pour Charlotte, l'innocence de l'épouse, la noirceur du mari. Il concocta un mélange indigeste, un repas de cosmonaute, où fruits, légumes, protéines déshydratées sont réduits à l'état de poudre ou de pâte, bien compressés pour occuper le moins d'espace possible. Malgré cela, comme on ne lui accordait qu'un certain nombre de signes, en bas de la dernière page du journal, il n'eut d'autre choix que de se montrer patient, de démembrer ce qu'il avait à dire et de le distribuer en trois épisodes. Le vendredi, il y eut même une négociation : August exigeait plus de signes pour le feuilleton, le maquettiste rétorquait que c'était impossible, que ce n'était pas à lui d'en décider. Finalement, August eut une chance insolente car l'humoriste employé par le journal avait fichu le camp, la veille, en compagnie d'une secrétaire de rédaction. On aurait pu sans trop de mal en trouver un autre, mais puisque August réclamait de l'espace, on renonça à en chercher un dans l'immédiat, de sorte qu'August eut droit pour le feuilleton du 24 juin à deux fois plus de signes que d'habitude. À la suite de l'épisode 89, ce nombre ne diminua d'ailleurs plus. On réduisit l'espace dévolu aux mots croisés, allongeant d'autant celui du feuilleton. Certes, August était à l'évidence un mauvais feuilletoniste, son roman convulsif avançait au ralenti puis faisait de brusques soubresauts. Malgré cela, durant l'été 1996, le feuilleton remplit pleinement sa fonction, répondit aux attentes du rédacteur en chef, les dépassant même largement, car les lecteurs de cet été-là, blasés et dégoûtés des accidents d'avion, des Casques bleus toujours stationnés en Bosnie où plus grand-chose d'intéressant ne se produisait, de l'augmentation des cours du pétrole, se mirent à lire assidûment mes aventures et achetèrent le *Tänapäev* du lundi au vendredi.

Pour que la vengeance d'August puisse s'accomplir, le temps fit de nouveau un bond, nous propulsant au mois de mai, où les primevères fleurissent les sous-bois, où les maillots de bain réapparaissent au marché noir et où commencent les examens universitaires. Je révisais, pendant mon service de nuit, le manuel d'histoire ou de phonétique allemandes ouvert sur le bureau de la réception. Les touristes étaient rares, les visiteurs plus rares encore. Tout l'hôtel Reval retenait son souffle avant la ruée des nuits blanches du mois de juin.

Un soir, sans que rien l'ait annoncé, l'impossible se produisit (c'était dans l'épisode 87, qu'August rédigea le mercredi après-midi, encore sous le coup de l'émotion) : Carlotta traversa le hall, déposa sur mon bureau une page écrite en russe, me demanda si je pouvais la traduire en allemand et disparut aussitôt vers les ascenseurs. Je ne voyais pas où nous mènerait cet épisode ; August lui-même ignorait sur quoi déboucherait cette demande, mais c'était le début de sa vengeance car, par cette intervention, anodine en apparence, Carlotta, qui, depuis le début du feuilleton, n'était que la femme du directeur, se mettait à prendre des initiatives, se dissociant ainsi d'Helmut. Je fis la traduction comme un exercice, une manière comme une autre de réviser, et obtins sans doute un mauvais résultat qui m'aurait fait échouer à l'examen car Carlotta s'insérait partout entre les lignes, si bien que le texte banal qu'il contenait se transformait en un message ésotérique où les principales et les subordonnées se confondaient comme les tiges volubiles des haricots et où le regard mystérieux de Carlotta flottait comme le sourire mi-cruel, mi-engageant du chat caché derrière le miroir. Cela avait d'ailleurs peu d'importance puisque, Carlotta ne parlant pas le russe, je pouvais broder à l'envi sur le texte. J'attendis, la traduction rédigée au propre, prêt à la tendre à Carlotta, incapable de retourner à mes manuels, le cou tendu vers les ascenseurs dont l'ouverture des portes, silencieuse et sournoise, provoqua chez moi, pendant ces deux nuits interminables, d'incontrôlables accès de tachycardie. Carlotta n'apparut pas le lendemain et pas davantage le jour suivant. Mais le soir d'après, quand je pris mon poste, le chef de réception me fit appeler. Avais-je quelque chose pour « Madame la directrice » ? Un peu déçu, je lui tendis la feuille pliée en deux, et il disparut dans l'ascenseur.

Le lendemain (c'est-à-dire dans l'épisode 88), les représailles d'August se poursuivirent. Tout commença au Cercle des historiens : Anton Sütt et Arvo Piim s'intéressèrent soudain à mon travail, me prenant à part après la fin de la réunion pour émettre des soupçons vis-à-vis d'Helmut, qui, dirent-ils, aurait des activités suspectes qu'il serait instructif d'examiner de plus près. Moi, le jeune novice du Cercle dont jusqu'ici on se méfiait peut-être un peu, j'étais flatté d'être enfin pris au sérieux, et je me mis à observer Helmut, ainsi qu'on me le suggérait. Le rédacteur en chef devait s'en réjouir : le lien entre la dissidence et Théodore devenait plus évident d'épisode en épisode et l'on n'attendait plus qu'une occasion éclatante où mon héroïsme pourrait s'exprimer. August, travaillé par le ressentiment, attendait lui aussi cette occasion. Il s'arrangea donc pour la provoquer et fit même d'une pierre deux coups en nous transformant de concert, Helmut et moi : je fus soudain investi d'un esprit d'entreprise que rien ne laissait soupçonner ; quant à Helmut, jusque-là cantonné aux rôles de second plan, il devint un véritable personnage.

Le lundi, cinq jours après la traduction, je dus aller chercher des ramettes de papier. Je traversai l'arrière-cour de l'hôtel où traînait toujours une odeur d'épluchures, de désinfectant et d'eau croupie à cause des énormes poubelles en fer-blanc qui, à l'époque, n'étaient vidées qu'une fois par mois. Je dus chercher le papier dans le désordre du débarras. Tout y était stocké pêle-mêle : les balais et les seaux des femmes de ménage, des tapis neufs encore emballés pour lesquels on n'avait pas reçu d'instructions et qui attendaient là de pourrir, des chiffons, des cageots vides et des cageots pleins, cinq paires de chaussures noires de tailles 36 et 45, des draps devenus inutilisables et même un tricycle d'enfant rouillé. Au milieu de ce désordre, la papeterie — les formulaires bleus d'admission à l'hôtel, les formulaires roses pour visiteurs, les formulaires d'importation de devises, les factures de restaurant, de teinturerie et, enfin, les ramettes de papier blanc. J'en pris deux cartons, les empilai et entrepris de sortir de la remise en sondant le sol du bout de ma chaussure car le carton supérieur m'arrivait au niveau des yeux si bien que je ne voyais pas où je posais les pieds. Au moment où j'entrebâillai la porte, j'aperçus trois silhouettes à l'autre bout de la cour. L'une d'elles, à ma grande stupéfaction, était Helmut. La silhouette d'Helmut ouvrit une porte de service, celle qui menait à l'escalier d'évacuation, et fit entrer les deux silhouettes inconnues. Il se faufila à son tour à l'intérieur et j'entendis la serrure se refermer. J'attendis encore quelques secondes puis sortis prudemment de la remise. Il était onze heures du soir. L'heure des dîners d'affaires était passée et ce rendez-vous devait être suffisamment étrange pour qu'Helmut juge nécessaire de le garder secret en recourant à des combines vieilles comme le monde, l'escalier de service, la nuit, l'arrière-cour. Je conçois bien le ridicule de ma narration. Elle doit éveiller chez les lecteurs de romans noirs une pénible impression de déjà-vu, mais c'est bien ainsi qu'August procéda et c'est donc ainsi qu'il me faut le faire, même s'il m'en coûte d'évoquer ces circonstances après les avoir subies une première fois. Songeur, je regagnai mon poste et pensai toute la nuit à cet événement, qui s'était d'ailleurs déroulé si vite que, le matin, je pouvais m'imaginer que j'avais rêvé.

Le lendemain, ce fut enfin l'épisode 89, le troisième volet de la vengeance, mon préféré. J'arrivai un peu en avance à l'hôtel. Aussitôt, on m'envoya dans les étages, pour déposer des formulaires d'achat au restaurant. J'appuyai sur le bouton du quinzième et l'ascenseur amorça sa montée en faisant naître dans mes intestins une sensation de pesanteur. À cette heure, les couloirs étaient déserts, car les voyages organisés en Union soviétique se faisant nécessairement en pension complète pour empêcher les étrangers de se mêler aux indigènes, les touristes étaient en train de manger. Mais au huitième, l'ascenseur s'arrêta. Les portes s'ouvrirent ; dans le couloir, se tenait Carlotta. August me donna l'aplomb nécessaire : je m'écartai, fis de la place à la jeune femme, puis demandai en allemand si elle souhaitait monter ou, au contraire, descendre. Elle sourit et appuya sur le vingt-troisième, où se trouvait son appartement. J'avais envie d'évoquer la traduction, mais craignais de paraître indélicat. Carlotta avait le droit de ne pas l'avoir appréciée, ou encore celui de ne pas l'avoir lue. Finalement, elle me sauva de l'embarras : elle attendit que la cabine grimpe trois ou quatre étages puis pressa le bouton qui stoppait l'ascenseur. Cette fois encore, August s'emballait : grâce à Carlotta, qui joua son rôle à la perfection, le feuilleton prit la tournure d'un de ces films de série B où des blondes pulpeuses à bas résilles enroulent leurs jambes interminables autour du héros paralysé. Les jambes qui s'enroulent, le souffle de Carlotta, la cambrure lisse et chaude au bas de son dos, il se peut bien que je les aie rêvés, comme l'épisode nocturne avec Helmut. Tout se déroulait d'ailleurs dans l'ascenseur, les lecteurs du feuilleton n'en virent donc rien. Ce qui par contre ne peut être mis en doute, c'est l'invitation de Carlotta, qui eut des conséquences immédiates et palpables. Carlotta me proposa un emploi pour l'été : secrétaire dans la villa d'Helmut, trois mois de traduction et de typographie, à l'ouest de Tallinn, au bord de la mer, et bien sûr, dans la maison où je serais logé, Carlotta présente en permanence, Carlotta en vacances, donc en tenues légères, s'ennuyant et cherchant de la compagnie. Elle partait à la fin de la semaine. Si je le voulais, je viendrais début juin, une fois les examens passés. Cela dit, Carlotta appuya sur le bouton et l'ascenseur repartit avec un petit bond bizarre qui ne la fit même pas sursauter.

Quand la porte s'ouvrit, au quinzième étage, je descendis, marchai jusqu'à l'ascenseur de gauche et l'appelai machinalement pour redescendre. Les formulaires revinrent au rez-de-chaussée, car j'avais totalement oublié ma commission. Ils traînèrent quelques jours sur le bureau de réception puis migrèrent à nouveau dans un tiroir quelconque où, vestige des temps anciens, ils se trouvent peut-être encore aujourd'hui. Ces formulaires, de toute façon, n'auraient servi à rien. On les aurait tout autant oubliés au quinzième, et quand bien même ils auraient été remplis, on aurait omis de les envoyer. Et si, en fin de compte, on les avait expédiés, aucun destinataire ne les aurait lus, car il régnait à l'époque une telle furie de formulaires que, pour faire face à leur déferlement, l'administration soviétique devait certainement posséder quelque part dans la ville un bâtiment spécial aussi grand que l'hôtel, affecté à leur stockage, où ils s'accumulaient, remplissaient les armoires, s'empilaient sur les bureaux, les tabourets, les rebords des fenêtres, les pots de fleurs, et en dernier recours s'entassaient sur le sol pour y former des collines à la facture instable, des monceaux de neige artificielle, menaçant quiconque aurait osé y toucher de chutes incontrôlées et d'avalanches.

CHAPITRE 11

La semaine suivante, le mardi 24 juin, August se réveilla à une heure incongrue, quatre heures trente-six très exactement. Il se leva pour aller dans la cuisine, produisit un vacarme d'aluminium en attrapant une casserole dans l'évier, puis un fracas de céramique entrechoquée (il retirait l'éponge coincée sous les assiettes), ouvrit le robinet à fond, le ferma, se rendit aux toilettes accompagné du frottement des semelles de ses pantoufles glissant sur le linoléum, un bruit qui, répété tous les matins, me rend furieux, fébrile, me met hors de moi. J'enfonce l'index dans le conduit de mon oreille droite, je plaque l'autre oreille contre l'oreiller, mais je suis déjà irréversiblement réveillé, réveillé et plein de hargne contre August : je guette malgré moi les bruits dans la cuisine. Je sais qu'August va chercher le sucre, qu'il attrapera d'abord la boîte rouge à pois blancs sur laquelle est écrit en russe ГЕРКУЛЕС, alors que le sucre était dans la boîte indiquant СУЛ. Les ingrédients étaient mal rangés, cet idiot d'August l'oubliait à chaque fois. Et voilà. Bling bling. Encore une fois : bling. Il laisse les deux boîtes ouvertes sur la table. Je me résous finalement à m'extraire du lit pour protester auprès d'August, mais j'entends soudain claquer la porte d'entrée. Il est cinq heures et quart ; August est sorti.

Qu'est-ce qui le réveillait à cette heure invraisemblable ? Ce n'était pas le soleil primeur du mois de mai, qui, alors qu'il venait juste de se coucher, s'infiltrait chez nous dès quatre heures, précis, vicieux et triomphal, mais une certitude qui avait traversé August : il devait immédiatement retourner chez Charlotte. Pourquoi August choisit-il, contre toute logique, de partir ainsi un mardi matin ? La logique tenait à ce que ce mardi 24 juin paraissait dans le *Tänapäev* l'épisode 89. August devait revoir Charlotte avant qu'elle n'y lise l'invitation de Carlotta ; le contraire, lui sembla-t-il soudain, aurait été ou grossier ou lâche. Donc August partit le mardi à l'aube car il n'y avait plus à reculer : le texte avait été déposé dimanche, le journal imprimé dans la nuit du lundi et le courrier arrivait chez Charlotte à midi.

August voulait prendre le bus pour Pärnumaa, mais le premier ne partait qu'à huit heures. Il dut attendre plus de deux heures à la gare routière, où il dégusta, pour patienter, un beignet farci à la viande de porc, dur, croquant, luisant de graisse. À neuf heures trente-sept, enfin, il était parvenu à destination. Il se dirigea vers le café du bourg, son sac de voyage pendu au bras, le gros gravier gris roulant sous ses chaussures de ville. Le roulement des graviers, les coqs dans les jardins provoquèrent une trépidation en August qui sentit qu'il venait d'entrer dans le monde de Charlotte. La chaleur naissante, la douceur du vent, les vitrines du magasin d'alimentation — qui, peut-être à cause des réclames de l'année précédente, presque entièrement gommées par le soleil, pastellisées, d'une teinte fantomatique, ne rappellent pas les commerces de Tallinn, mais plutôt les magasins de l'ère soviétique, musées dévolus à la conservation du vide —, les coquelicots vacillants, prêts à perdre leurs pétales, les poules qui picorent la poussière du matin, le bruit des portes qu'on ferme, des garages qu'on ouvre, l'odeur agressive et chaude de l'herbe coupée, celle, mielleuse, diaphane, des tilleuls en fleur, tout cela accentuait l'agitation d'August. C'est donc ainsi, impatient et agité, qu'August arriva au café Michel, une maison en bois qui ressemblait à toutes les autres ; et de ce monde à moitié effacé surgit alors une créature vivante, énorme, imposante : la patronne. Elle était aussi la boulangère, la marchande de journaux et le taxi du village. Après qu'August lui eut dit où il voulait aller, elle expliqua qu'elle ne pouvait pas s'absenter dans l'immédiat, puisqu'elle avait un client au café et que les petits pains au chou étaient en train de cuire. En principe, on commandait le taxi la veille, mais comme August était beau gosse et sympathique, elle pourrait l'emmener chez les Pall vers deux heures, une fois que tous les habitués auraient déjeuné. S'il le souhaitait, il pouvait attendre sur place, et en profiter pour prendre son repas (pommes de terre vapeur à la sauce de viande hachée et soupe de myrtilles au fromage blanc). August déclina l'offre et partit à pied. Il n'avait rien contre les pommes de terre en sauce, mais il devait absolument arriver avant midi.

Il sortit du village et rejoignit la nationale. La maison se trouvait à cinq kilomètres. Il en avait pour plus d'une heure. Nous voici encore dans un passage de transition ; je pourrais sans doute abréger la route et nous faire arriver d'un bond chez Charlotte, mais ce serait compter sans le trouble d'August qui transformait ce banal paysage de campagne en un tableau hors du commun. August marchait aussi vite qu'il le pouvait, si bien que sa chemise jusque-là impeccable se froissait, se mouillait dans le dos, sous les aisselles, devenait collante et adhérait au corps. Sur le talus poussaient des paquets de fougères, réduites, à cause de la circulation automobile, à l'état de dentelles enrobées de poussière. Ces fougères crasseuses et maladives devenaient dans le regard d'August grasses, conquérantes comme la fougère de la légende pour laquelle, chaque année, à la Saint-Jean, les jeunes hommes retournaient dans la forêt, cherchaient une lueur blanche parmi les arbres, car la fougère ne fleurit qu'une fois l'an et qui la trouve pour l'apporter à sa bien-aimée vivra un amour éternel et sans nuages. Pour avoir fait ce chemin en compagnie d'Eerik, August sait qu'il n'a qu'à aller tout droit. Il a déjà l'impression de discerner quelque chose, un petit carré noir, au bout de la route, qui pourrait bien être la maison de Charlotte, mais qui n'est que le mur ouest de l'ancienne laiterie. Il longe la couverture tricotée des champs : un carré de colza jaune, un carré de blé vert, un carré de pommes de terre, d'un vert mat et plus foncé, un rectangle d'épeautre, encore un autre de blé, avec de temps en temps, à l'arrière-plan, une rangée régulière d'arbres à ramure ronde, disposés là comme des pompons de laine. De loin en loin, à peine visibles à l'horizon, les aiguilles à coudre des clochers piquent la toile de parachute du ciel. À trois ou quatre cents mètres de la maison, August pouvait tout distinguer, la haie de sapins, la palissade, et même la petite route de terre qui descend vers le portail. D'un coup, il fut saisi de panique, comme cela lui arrivait parfois deux ou trois minutes avant une lecture, son pouls battant plus vite, sa gorge se serrant, ses aisselles et son ventre devenant humides. Cette fois-ci, il n'était pas question de lecture. Ce n'était pas non plus la seule vue de la maison qui provoquait cette panique. August avait en effet vu autre chose : une camionnette blanche arrêtée devant la grille, l'instant d'après la camionnette qui redémarre et une forme noire qui s'éloigne vers le jardin. La camionnette blanche était celle du facteur. August n'était pas censé le savoir, puisqu'elle avait été achetée d'occasion par la Poste et qu'elle ne portait aucun emblème, mais une sourde appréhension le lui suggérait. En voyant repartir la camionnette, August sentit ses jambes se dérober, le découragement s'empara de lui, il songea même lâchement à faire demi-tour.

Si je n'ai rien dit jusqu'à présent sur les taons et les mouches qui tournaient autour d'August, sur l'odeur écœurante de l'asphalte fondu, sanguinolent, dans lequel on perd ses semelles, ni sur les voitures qui foncent vers Pärnu, soulevant au passage des nuages de poussière grise dans lesquels August disparaît périodiquement, de sorte que, si le chemin durait plus longtemps, il serait lui aussi transformé en fougère, c'est que ces réalités n'atteignaient pas August. C'est au moment fatal où tout bascule qu'il convient de faire revenir les voitures, les taons, et de recouvrir August de poussière. Il avance donc, accablé par la chaleur, une pénible appréhension lui pesant sur le ventre, harcelé par le bourdonnement des mouches, qu'il éloigne d'un coup de paume, mais qui reviennent l'instant d'après. Il passe ainsi les dix dernières minutes de marche à chasser les mouches, à maudire la poussière, à inhaler les gaz d'échappement, et, pourtant, à ne pas vouloir arriver.

Malgré les craintes et les mauvais pressentiments, August finit par arriver. Il dut d'abord dénouer la boucle en fil de fer qui servait à maintenir la grille fermée, puis il descendit vers la maison, lentement, la mort dans l'âme. Il aurait pourtant pu nourrir l'espoir que Charlotte aurait d'autres occupations et qu'elle ne lirait pas le journal immédiatement, mais, là encore, une intuition lui affirmait le contraire. Charlotte était assise près des plantes aromatiques, à la table bleue devant l'entrée, le journal replié à côté de la cafetière. Elle salua August d'un signe de tête et l'invita simplement à s'asseoir, comme si elle avait été avertie de sa venue. Il y avait même une tasse vide qui l'attendait. En me rappelant les mouvements retenus de Charlotte, assise dans le jardin comme la sphinge devant Cadmos, et regardant approcher August, il me semble que, dès le début de cette histoire, les femmes se montrèrent plus perspicaces que les hommes, qu'elles menèrent le jeu dès les premiers chapitres, sachant d'emblée jusqu'où elles voulaient aller. Tout cela déduit de la tasse à café vide. Mais il se pourrait aussi que j'extrapole et que la tasse n'attendît pas August, qu'elle fût là pour un visiteur quelconque, pour le facteur, par exemple, qui s'arrêtait quelquefois, pour Eerik qui aurait dû rentrer ou encore pour Karl, le marchand ambulant qui circulait dans les parages, ces jours-là. August s'assit, prêt à se soumettre aux questions, mais Charlotte ne lui posa aucune énigme. Elle se contenta de remplir la tasse, faisant comme si tout cela allait de soi. August accepta la tasse de café et répondit par le silence aux questions non formulées de Charlotte. Par la suite, les choses se dérouleraient toujours ainsi, le feuilleton exprimant l'essentiel à leur place, mais les empêchant aussi de se parler. C'est ce qui explique que cette histoire traîne en longueur et qu'il vous faille patienter pendant plusieurs chapitres pour qu'il se passe quelque chose entre August et Charlotte.

Pour le moment, il me reste à parler de Mart. Mart, qu'August avait oublié, apparut au bras d'une femme à chignon, boitillant et tenant une pelle à la main. August rougit car dès qu'il l'aperçut, il se souvint de sa première soirée à Pärnumaa. Mart se hissa sur les genoux de sa mère. Il était né avec un pied bot et on lui avait récemment remis un plâtre, parce que le pied repartait vers l'intérieur. August écouta en hochant la tête, essayant d'avoir l'air naturel, ou si l'on veut celui d'un expert en pieds bots, alors qu'il en voyait un pour la première fois. Charlotte passa les doigts dans les cheveux de Mart, prenant l'air le plus serein, comme si les nœuds qui se créent dans les cheveux, les mains collantes et les traces de confiture sur les joues étaient des choses qui ne l'atteignaient pas le moins du monde. Pour le moment, restons-en à ce tableau sommaire, à la petite idylle familiale sur fond de capucines et d'ail fleuri en bleu. Devant Anna, August dit qu'il repartait le soir même, puisque Eerik, qu'il venait voir, n'était pas là. Mais après le clafoutis aux griottes du déjeuner, il se demandait déjà s'il serait tellement scandaleux qu'il reste un peu. On entrait dans l'époque où l'on récolte le tilleul. Charlotte avait prévu d'en faire sécher et, comme son mari était absent, il fallait bien que quelqu'un d'autre l'aide, car la récolte imposait de monter en haut de l'échelle, ce qui donnait le vertige à Charlotte (c'était peut-être une excuse que Charlotte inventa pour offrir un bon prétexte à August, car elle faisait absolument tout dans le jardin et grimpait certainement aussi aux échelles). August s'arrangea donc avec sa conscience, *primo* en invoquant le tilleul, *secundo* en prétendant qu'il attendrait Eerik. Il s'installa dans la chambre jaune, attenante à la véranda, et prit sa place dans l'attente perpétuelle qui caractérisait la vie de la maison, attente du retour d'Eerik, du sauveur qui ne descendrait pas, du changement de saison, du mûrissement des fruits, de la croissance des citrouilles sur le tas de compost, le compost grossissant, diminuant lui aussi au rythme des épluchures de pomme de terre, des prunes pourries tombées des arbres et des jours de chaleur où les moucherons translucides s'accumulent au-dessus des déchets décomposés qui, entassés en plein soleil, perdent leur eau, chauffent, et se ratatinent, en libérant finalement l'humus très noir, collant, glaireux et nourricier.

Je m'aperçois que vous ne savez encore rien sur la nourrice de Mart. Je pourrais faire d'une pierre deux coups et retourner dans le feuilleton par le biais d'Anna car, à cet endroit précis, la fiction et l'histoire vraie se croisent, et c'est Anna qui se tient à l'intersection.

Anna était la première personne que je vis quand j'arrivai à la villa d'Helmut. August n'avait pas même changé son nom, ni pris la peine de flouter ses contours comme on le fait dans les reportages télévisés, car l'anonymat d'une villageoise devait lui paraître suffisant. Anna, qui cumulait dans le feuilleton les attributs du personnage secondaire, tirait même une certaine fierté de ce que son prénom apparaisse dans un journal. Elle avait grandi dans le village voisin, non dans une ferme, mais dans un petit immeuble, sa naissance, en 1956, ayant coïncidé avec une époque où, faute d'avoir attiré les paysans en ville, le pouvoir soviétique s'efforça d'introduire la ville à la campagne. De temps en temps, pour l'amuser, son grand-père (dans le feuilleton marin-pêcheur, en réalité ouvrier agricole au kolkhoze) l'emmenait à la cantine des travailleurs où l'on servait du gratin de pâtes ou du hareng et en dessert de la soupe de pain noir à la crème. La cantine sentait fort les odeurs de cuisson, huile, beurre, viande grasse mise à bouillir. La cuisine n'étant séparée de la cantine que par le long comptoir où l'on servait les plats, la salle était envahie de vapeur d'eau, qui se déposait à la surface des tables, sur les piliers au centre du réfectoire, où l'on pouvait dès lors dessiner du bout du doigt des chiens, des poires et des étoiles à cinq branches. Dans la cour de l'immeuble en parpaings se dressaient les barres à battre les tapis qui produisaient leur concert tous les dimanches, quand les femmes des kolkhoziens travaillant à la laiterie enroulaient sur lui-même le grand tapis du salon, le portaient comme un cadavre sur leur épaule et, une fois arrivées dans la cour de l'immeuble, tabassaient ce cadavre à l'aide de grandes tapettes en plastique rouge ou jaune, comme elles auraient voulu battre leur ivrogne de mari. Les autres jours, les barres appartenaient aux enfants. Anna s'en servait elle aussi pour s'y suspendre par les genoux, tête en bas, ses cheveux blonds frôlant le sol. Tout cela avant qu'elle ne prenne du poids et ne devienne cette femme ventrue, à gros seins tombants, retenus par des soutiens-gorge blancs qui n'avaient jamais été à la mode, cette femme imposante et maternelle, pleine d'assurance, bourrue et un peu rude, dont on se disait tout de suite qu'elle avait quatre enfants. August n'écrivit rien sur les seins ni sur le ventre. Soulignant seulement son allure générale, il fit apparaître Anna à la suite de Fritz, le fils d'un premier mariage d'Helmut. Elle me toisa et dit qu'elle allait à la plage, l'eau de mer ferait du bien au petit. La mission principale d'Anna consistait en effet à s'occuper de Fritz, c'est-à-dire à lui courir après, mission importante, on le verra, à cause de la maladie de l'enfant. Par ailleurs, elle faisait aussi la cuisine — et cela en énormes quantités, pour tous les invités de la villa — car Carlotta avait déclaré d'emblée qu'elle était prête à toutes les compromissions, mais pas à se transformer en cuisinière.

Carlotta, en robe à bretelles rouges asymétriques, faisait son courrier sur la véranda ; elle me montra le petit bureau du haut (l'endroit où je travaillerais durant l'été) et ma chambre, dans une extension de la maison, à droite de l'entrée principale, mais communiquant avec le premier étage par un étroit escalier d'angle qui ressemblait à une échelle, et que, de toute façon, plus personne n'empruntait : Carlotta, me gratifiant d'un sourire ironique, me recommanda l'autre escalier. Malgré le masque de ce sourire, Carlotta m'apparut plus vulnérable qu'avant. Elle était chaussée de sandalettes, autant dire à mes yeux presque nue car tout l'hiver, je l'avais vue en bottes et le printemps avait passé trop vite pour qu'elle ait eu le temps de s'habiller plus légèrement. Carlotta m'invita à m'installer, balaya la petite chambre du regard, et, en partant, m'effleura l'avant-bras de la main. J'ouvris la fenêtre : la mer, les algues, les grains de sable gris, les pins et leurs coussins d'épines pointues qui se dispersaient jusque sur le seuil de la villa, les vitraux de couleur enchâssés dans les maisons, jaune foncé, bleu cobalt et rouge carmin, les palissades en branches tressées, droites dans ce village, penchées à côté, qui provoquent encore des querelles de voisinage entre les tenants de l'oblique et ceux du droit. Du rez-de-chaussée remontaient des bribes de phrases allemandes et la grosse voix de Tõnis, le chauffeur d'Helmut, qui se disputait en russe avec un interlocuteur dont j'ignorais l'identité. À part lui, la villa vit passer cet été-là une ribambelle de personnages cosmopolites, parlant russe, italien, allemand ou estonien, la famille d'Helmut, les amis de Carlotta, des hommes d'affaires, des employés de l'Intourist qui venaient là Dieu seul sait pourquoi, et avec qui Helmut s'entretenait en privé. Quant à moi, je pris tout de suite mes fonctions : trier le courrier pour Carlotta et pour Helmut, qui passait ou ne passait pas le prendre, taper des rapports écrits à la main, traduire des lettres du russe en allemand ou, la plupart du temps, de l'allemand en russe, dactylographier les commandes de Carlotta — je la soupçonnais de les concevoir dans le seul but de venir me les apporter, car au passage, elle me frôlait indolemment ou se penchait par-dessus mon épaule, si bien que sa poitrine effleurait mon cou et que je percevais son parfum de feuille verte se dégageant de sa nuque et de ses cheveux. Lorsque je recopiais les lettres d'Helmut, je songeais vaguement, pour me distraire, aux mises en garde d'Anton Sütt, et, me prenant un moment au jeu de l'espionnage, notais dans mon carnet une série quelconque de chiffres qui tout à coup éveillait mon attention. Que signifiaient les chambres 135 à 143 ? Les cinquième et vingt-deuxième étages ? Les numéros de téléphone internationaux, les comptes en banque, les factures défilant sous mon nez ? Je mettais ces chiffres en équation pour en tirer une vérité ésotérique, qui refusait de se révéler. Les lettres de Carlotta étaient beaucoup plus simples, mais je les tapais lentement et avec soin. Elles parlaient de commandes de café noir (qui atteignaient des quantités astronomiques, pratiquement invraisemblables, mais après tout Carlotta était italienne, et il se pouvait bien que ces commandes n'aient jamais été expédiées). De temps en temps, je recopiais l'une de ces lettres dans mon carnet car Carlotta réclamait toujours ses brouillons. À l'abri dans mon carnet, les commandes se mettaient à m'appartenir, comme si je me les étais appropriées. J'avais alors l'impression que Carlotta m'avait écrit, que ces lettres n'étaient pas destinées à d'anonymes commerçants (qui n'y verraient qu'une commande se distinguant peut-être des autres par le fait qu'elle transiterait par les douanes soviétiques, risquant d'être interceptée et de disparaître), mais qu'elles étaient là pour me révéler, à moi seul, un secret. Je garde aujourd'hui ces lettres recopiées comme la trace subtile d'un passé révolu. Maintenant que tout est accompli, il ne me reste plus qu'à les relire jour après jour, à recompter les kilos de café noir pour déchiffrer des vérités qu'à cette époque je n'étais pas capable de voir. D'ailleurs, si j'avais su où me mèneraient ces décomptes, je me serais arrêté aussi sec, aurais envoyé promener le café noir pour me vouer au décolleté de Carlotta, aux algues brunes et à la mer qui sifflait en bas. Hélas, August tenait aux décomptes, qui lui permirent de nourrir les soupçons envers Helmut, de le noircir et de se dédouaner, lui qui s'apprêtait à trahir Eerik. Bien après la fin du feuilleton et des événements tragiques qui en furent la conséquence, j'ai conservé cette mauvaise habitude de compter, et pas seulement les traces de Carlotta : les cailloux blancs à l'arrêt du bus 32, les agrafes sur les tables, les boutons de chemisier, le nombre de carottes pour un kilo, de bûches d'un demi-mètre dans un stère de bois, compter les voitures selon leur couleur, le nombre d'épisodes parus du « Lycéen », les femmes à cheveux roux qui passent dans ma rue, les robes rouges asymétriques et les manteaux bleus, le nombre de fenêtres qui s'allument en face quand, juste après le coucher du soleil, un écran bleu se dépose comme un calque sur les vitres. Je compte et je retourne neuf ans en arrière, au temps des mèches rousses et du café noir. Je fais les comptes, je soustrais, j'additionne et je décompte.

CHAPITRE 12

Voilà que nous entrons dans le vif de l'affaire. August est installé dans la chambre jaune ; Anna, qui passe la nuit au village, revient tous les matins, prépare le café, réveille Mart et, malgré des protestations répétées, lui débarbouille le visage à l'aide d'une éponge. Charlotte dort dans la chambre attenante à celle d'August, la chambre au papier peint orange à fleurs, dans un lit dressé pour deux personnes où une place vide attend d'être remplie. Malgré cela, la résolution logique, celle que vous anticipez et qui paraît si naturelle, ne se produit pas dans l'immédiat, à cause d'un écheveau de circonstances, d'éléments retardateurs et d'états d'âme complexes qu'il me faudra expliciter tôt ou tard si je veux venir à bout de mon récit. Devant l'ampleur de la tâche qui m'attend, l'envie me titille de renoncer, d'effectuer ici un aiguillage imprévu et d'imprimer une nouvelle direction à cette histoire, d'inventer *in petto* entre Charlotte et August une petite aventure bien simple à bâtir, à faire évoluer puis à dénouer. Mais puisque j'ai juré de ne dire rien d'autre que la vérité, j'emploierai pour le moment une manœuvre de diversion et commencerai, une fois n'est pas coutume, par les événements qui eurent lieu dans le feuilleton.

Pendant la semaine où August fut chez Charlotte, la température interne du feuilleton et le climat extérieur se réconcilièrent. Pour la première fois dans l'histoire du « Lycéen », je ne fus plus promené d'une saison à l'autre, au rythme des sautes d'humeur d'August, et j'attrapai un rhume par contrecoup. À la villa, le travail suivait son cours : traductions, courrier, dactylographie. August, pusillanime dans sa propre vie, ne l'était pas s'agissant de celle des autres, si bien que, dès l'épisode du mercredi, j'avais pris mes marques dans la maison d'Helmut et m'y conduisais en habitué. Les invités repartirent l'un après l'autre, puis Carlotta s'absenta plusieurs jours. La maison paraissait tout à coup immense : le grand salon bleu à cinq tables où l'on dînait devenait disproportionné pour Helmut, Fritz et moi. Le couvert fut donc mis dans le salon rouge dont les murs portaient des cornes d'animaux divers, et où tous les jours, à cinq heures pile, Anna faisait chauffer le samovar, versait le thé noir dans les tasses de porcelaine, y ajoutait l'eau chaude, un soupçon de lait, puis manipulait du bout des doigts le service à myosotis et à liseré d'or dont certaines pièces singulièrement alambiquées semblaient destinées à un usage connu seulement d'une poignée d'initiés.

Les dîners à la table d'Helmut s'étiraient impitoyablement et la conversation du maître de maison gâchait la saveur de la sauce aux câpres. Les têtes empaillées d'ours brun, d'élan, de renne, ouvraient grand leur vieux gosier pour bâiller à s'en décrocher la mâchoire ; tout le salon rouge s'assoupissait dans les commentaires insignifiants d'Helmut et le parfum d'aneth se dégageant des plats. Plus les repas s'accumulaient, plus la question qui avait taraudé August s'imposait à moi : qu'est-ce donc qui avait pu déterminer Carlotta — ma Carlotta au regard languide et rayonnant, aux omoplates dessinant des triangles parfaits, au sourire moqueur, aux mollets galbés — à se donner un mari pareil ? De temps en temps, Fritz énonçait une idée farfelue qui aurait mérité de plus amples développements, mais Anna l'interrompait aussitôt, en vertu d'un principe éducatif bien répandu, et selon lequel les enfants ne parlent pas à table. En dehors des heures de repas, quand Anna n'était pas là pour le surveiller, Fritz montait quelquefois dans mon bureau et m'y exposait ses théories sur les hommes amphibies, les monstres marins, ou encore la vie extraterrestre, théories très en vogue en Union soviétique, car les extraterrestres étaient communistes. Quant aux propos d'Helmut, ils étaient mornes et plats, sinon invraisemblables, comme lorsqu'il parlait de boutons de manchette, dont, disait-il, il possédait une véritable collection, en or, en argent, estampillés ou pas. Au total, paraît-il, trois cent vingt-sept paires. En décrivant l'une ou l'autre de ses pièces préférées, il devenait volubile, s'échauffait, guettait un signe d'approbation sur mon visage. Je simulai de l'intérêt pour les boutons, demandai des précisions sur les formes et les couleurs pour me gagner la confiance d'Helmut. Pourtant, cette histoire de boutons de manchette n'était pas seulement stupide ou ridicule, mais, me semblait-il encore, sans aucun fondement. J'y voyais surtout un prétexte cocasse inventé par Helmut pour expliquer ses nombreuses excursions en ville. Elle ne faisait que confirmer mes soupçons et accréditait la thèse d'Anton Sütt selon laquelle le poste de directeur d'hôtel n'était qu'une couverture servant à cacher les vraies activités d'Helmut. Lesquelles exactement ? Nous l'ignorions ; mais elles devaient avoir un lien avec Moscou, ce qui ne laissait rien augurer de bon.

Tandis qu'Helmut, comme un pendule dont on remonte le ressort, retombait tout à coup dans l'immobilité, et fixait, le regard vide, une tête de renne ou d'ours, l'idée se consolidait en moi que s'il était un agent de Moscou, ce ne pouvait être qu'un agent médiocre qu'il serait facile de percer à jour. Cette idée flattait mon orgueil et servait les intérêts d'August, qui se devait d'inventer une manœuvre quelconque pour faire de moi un artisan de l'indépendance. Parallèlement, je songeais à Carlotta, car Helmut, si peu habile en affaires, le serait sans doute également en amour. J'entrevis donc un mince espoir de ce côté-là, et cet espoir lentement remâché chaque soir compensa, au moins en partie, le désagrément des dîners avec Helmut. Quoi qu'il en soit, à la fin de cette interminable semaine, une famille allemande arriva à la villa et je ne fus plus au centre de l'attention. Nous avions regagné le salon bleu, où je dînais seul à l'une des tables du fond, tandis qu'Helmut mangeait en compagnie de ses amis et Fritz à la table des enfants, qui riaient à gorge déployée, remuaient, piaillaient, et, juste avant l'arrivée du dessert, collaient des boulettes de pain pleines de salive entre l'austère table en chêne massif et la fine nappe en dentelles changée quotidiennement. Deux jours après, Carlotta revint, fraîche, aérienne, pimpante, un chapeau vert à perles jaunes négligemment épinglé dans les cheveux.

Mais dès le retour de Carlotta, les espoirs nourris en son absence s'évanouirent. August, qui m'avait expédié là, voulut soudain freiner les choses. Fini la jeune femme audacieuse qui arrêtait les ascenseurs entre deux étages et se glissait silencieusement derrière mon dos pour lire le courrier d'Helmut en se penchant indolemment par-dessus mon épaule. Certes, lorsqu'elle montait dans mon bureau, nous échangions des sourires de connivence, mais dès qu'Anna, le chauffeur ou Helmut étaient présents, Carlotta devenait indifférente, prenant même un soin particulier à ne me témoigner aucune attention. J'en venais à douter de nos regards clandestins. C'était là, bien sûr, la version officielle, l'amourette frileuse composée par August qui ne voulait surtout pas brusquer Charlotte. Entre les lignes, nous avions de tout autres relations, qui laissaient pressentir un dénouement prochain, et n'attendaient qu'une occasion favorable, c'est-à-dire une absence d'Helmut. Mais tout cela, les caresses de Carlotta, ma main qui au détour du couloir de l'étage s'égarait sur sa poitrine et le long de ses cuisses nues — Carlotta, depuis son retour, ne portant plus que des jupettes de coton —, disparaissait dès qu'August se mettait à écrire, si bien que, promené entre deux extrêmes, à l'étroit dans cette schizophrénie sentimentale, j'en venais presque, certains jours particulièrement pénibles, à regretter les écarts de température d'antan.

Avec ça, la chaleur qu'August avait fuie finit par nous rattraper. Ma chemise me collait au dos, la chaise devenait moite sous mes cuisses, si bien qu'à travers le tissu du pantalon, je sentais le contact du bois humide et chaud. La nuit, les criquets grinçaient des dents, et des bruits d'arbres exténués, de bêtes assoiffées, de feuilles fanées, qui chuchotent en se recroquevillant, nous parvenaient de la forêt, par-delà les champs. Le solstice d'été approchait. Le soleil ne se couchait presque plus, les moustiques se préparaient pour la Saint-Jean, où tout le village passerait la nuit dehors, et la température augmentait jusqu'à atteindre vers midi les vingt-huit degrés. Dans mon bureau, où se formaient des tortillons de chaleur, régnait depuis peu une étrange odeur d'étuve qui m'obligeait à laisser la fenêtre ouverte.

Un matin, ce devait être le 19 juin, je crus entendre Carlotta, parlant non pas allemand, ni italien, mais russe. Le temps d'arriver à la fenêtre, il n'y avait plus, dans le jardin, qu'Anna, qui négociait effectivement en russe le prix de la saucisse de porc avec le commis du kolkhoze voisin, venu vendre au noir une partie de la production. Il me semblait pourtant avoir perçu d'autres paroles, une conversation qui ne roulait pas sur la saucisse, car les chiffres que j'avais cru entendre avaient une importance que le prix de la saucisse, même au point le plus haut de la pénurie, n'atteindrait jamais. Mais il n'y avait, décidément, qu'Anna et le commis. Ma curiosité s'arrêta là. Deux heures après, de nouveau des voix : Helmut raccompagnait un homme en costume que son chauffeur devait attendre dans la cour. Je regardai, dissimulé dans le coin de la fenêtre. Carlotta, aux côtés de son mari, se faisait traduire en allemand les amabilités un tantinet grivoises que l'homme en costume lui débitait en russe. Helmut se gardait d'ailleurs de tout traduire, et Carlotta, à qui une bonne partie des paroles échappait, avait l'air flattée, bien qu'un peu confuse, prenant, rivée au bras de son époux, une expression aimable, voire naïve, que l'on ne saurait lui reprocher, pas plus qu'à August d'ailleurs. Non, August n'était pas misogyne, pas plus qu'aucun autre homme, car quel spectateur d'un bon film d'espionnage a-t-il jamais exigé qu'en plus d'être charmante, d'avoir l'intelligence du cœur et du corps, la blonde aux longues jambes sauvée par le héros, qui, à la fin, se retrouvera dans son lit, soit perspicace et ingénieuse, polyglotte et formée à la cryptographie, bref douée d'un esprit supérieur ? Je me rassis à mon bureau pour taper en caractères cyrilliques une longue lettre qu'Helmut adressait au comptable de l'hôtel.

Ce faisant, je songeais à l'identité du Russe. Pourquoi

Helmut, qui se prétendait en vacances, donnait-il des rendez-vous professionnels là, dans ce lieu si peu approprié où il n'avait, insistait-il, pas ses documents, où la moitié des affaires nécessaires manquaient, ne serait-ce que pour répondre au courrier le plus banal concernant le remplacement des tapis de l'hôtel ou le changement des menus du restaurant ? Il n'y avait pas même de véritable cabinet de travail, pas une pièce de la villa qui, avec ses baromètres criards et dorés, ses tablettes en attente du thé de cinq heures, ses napperons bordés de dentelle, ses chaises à bascule en bambou ou en rotin, ses rideaux froufroutés par le vent, l'odeur d'iode incrustée sous les papiers peints, ne fasse obstacle à la moindre pensée sérieuse et n'invoque au contraire, irrésistiblement, la sieste en bord de mer, les cris des mouettes voleuses, le sable beige qui file entre les doigts. Je gardai en mémoire cette rencontre suspecte, faute de la noter dans mon carnet, car Arvo Piim, du Cercle des historiens, m'avait expressément recommandé de ne jamais laisser de traces écrites.

Je songeais aux moyens d'en savoir plus sur l'homme en noir quand Carlotta entra dans le bureau, apportant une commande de café et de cigarettes. Je laissai de côté les lettres d'Helmut, pris le feuillet et le dactylographiai avec piété. Puis je repliai pudiquement la lettre pour que personne ne perce le secret de Carlotta, ne puisse poser les yeux sur ce document qui n'avait, je vous l'accorde, rien d'intime, qui pourtant scellait notre secret et dégageait pour cette raison une telle odeur d'intimité que la seule perspective qu'un tiers puisse la sentir me faisait rougir. L'après-midi, la chaleur augmenta encore. La famille allemande partit pour la mer. Carlotta était sans doute sur la véranda, un magazine italien déployé sur les genoux, un de ces magazines pour femmes, qui lui arrivaient deux ou trois mois trop tard, si bien que les modèles dernier cri photographiés, les robes extravagantes portées aux défilés, les chapeaux et les sacs aux formes biscornues étaient désespérément passés de mode au moment où elle les découvrait. Cela, au demeurant, était sans importance, car dans ce territoire au bout du monde, nous vivions exclus du temps comme si la maison d'Helmut, la forêt aux alentours et en fin de compte le pays entier s'étaient trouvés sur un fuseau horaire depuis longtemps déconnecté du temps universel et pour lequel le fameux méridien de Greenwich avait aussi peu de consistance que les korrigans traçant des ronds de sorcière ou l'effroyable monstre du Loch Ness, pataugeant quelque part dans les eaux écossaises. Carlotta, donc, en équilibre précaire au bord du temps, feuilletait un magazine de modes périmé, tandis qu'Helmut sommeillait dans sa chambre ou son bureau, et qu'Anna chassait les mouches dans la cuisine où le soleil rugueux comme une peau de pamplemousse traçait sur le mur en face de la fenêtre un rectangle jaune translucide au sein duquel il était impossible de se tenir tant la température y était élevée.

Tout à coup, au milieu de ce silence, il y eut une avalanche de bruits au rez-de-chaussée : des pas lourds, des objets qui tombent et se fracassent, du verre brisé, des chaises qui raclent le plancher avec des crissements aigus et brefs, des gens qui courent, des cris de femmes puis d'hommes. Tout aussi vite le bruit cessa. Je descendis l'escalier en courant, me retenant d'une main à la rampe. Helmut maintenait fermement Fritz, encore secoué de mouvements convulsifs. Anna soufflait fort, accroupie à côté d'eux, une expression désolée sur le visage, les deux mains relevées devant la bouche. Le verre brisé se révéla être de la porcelaine, celle du service à myosotis qui laissait au sol des morceaux de tailles variables ainsi qu'une poudre blanche ressemblant à de la craie. À côté, gisaient le samovar, comme un énorme ventre renversé, et divers objets plus ou moins reconnaissables, des miettes de biscuits et du papier journal, émergeant à moitié de sous la nappe tombée à terre. Plus tard, Helmut réprimanda Anna car elle aurait dû prévoir l'accident et ranger les assiettes dans un endroit inaccessible, d'abord à cause du précieux service, ensuite parce que Fritz aurait pu se blesser. En attendant, Helmut et moi portâmes Fritz à l'étage, puis nous allongeâmes son corps flasque sur le lit. Carlotta apporta une compresse mouillée. Fritz resterait quelques heures dans cet état, comme enfermé dans un profond sommeil, puis il se réveillerait avec un vague malaise, mais probablement en ne se souvenant de rien. Ce n'était pas la première fois que j'assistais à une telle crise : Fritz était épileptique et ces accès survenaient régulièrement. C'était peut-être aussi la raison pour laquelle Carlotta et Helmut passaient l'été à la campagne où, paraît-il, l'air frais lui était profitable, et où, surtout, personne ne pouvait le voir. Cette fois encore, les traces furent effacées avec diligence avant que la famille allemande ne réapparaisse. Helmut fit appeler un docteur et envoya même son chauffeur le chercher en ville car il ne se fiait pas au médecin local. Le soir, au repas dans le salon bleu, on évoqua un refroidissement nécessitant du repos.

Cet événement eut une conséquence inattendue : Carlotta en avait oublié sa commande, qu'elle ne revint chercher que le lendemain. La commande était prête à être expédiée, mais le brouillon, qu'elle me réclama, avait disparu comme par enchantement. Quand Carlotta m'interrogea, je fus marri, cherchai le papier dans les tiroirs, la laissai fouiller parmi les feuilles sur le bureau, puis avouai que je ne pouvais plus remettre la main dessus. Carlotta me couva d'un drôle de regard, puis retrouva son expression habituelle. Ce brouillon censé avoir disparu, ce papier portant l'écriture de Carlotta, je l'avais en fait escamoté pour le dissimuler dans mon journal, comme une preuve d'amour, un objet précieux, une trace de son existence, au risque de contrarier Carlotta. A posteriori, pour de tout autres raisons, ce petit papier que j'ai conservé atteste aujourd'hui de mes propos et me permet d'affirmer que les péripéties de notre histoire, la suite rocambolesque des événements, ne sont pas le fruit de mes inventions.

Mais revenons à Fritz et à ses crises d'épilepsie. August l'avait doté de cette pathologie par souci du spectaculaire. Il faisait courir le garçon partout, le rendait frénétique, échevelé, le laissait se débattre comme un hystérique, puis s'effondrer d'un seul tenant, la mâchoire serrée, les yeux révulsés, les membres raides et durs comme du bois. En somme, August n'y connaissait rien, s'inspirant de récits de possession, plus que de publications scientifiques. Le cas du pauvre Fritz m'intéressait, si bien que j'allai voir ce qu'en disaient les textes médicaux : une attaque brutale où le malade est immobile, et après seulement des convulsions (qui ne sont en fait qu'une suite de l'attaque). Je ne me souviens plus, à l'heure actuelle, si des lecteurs le firent remarquer à August, mais après deux ou trois descriptions de crise, les accès d'épilepsie devinrent plus rares dans le feuilleton — à l'exception notable de l'épisode 124 qui ne serait publié que le 10 août. Bien sûr, cette maladie de Fritz n'était qu'une transposition littéraire, une version édulcorée du pied bot de Mart. Faut-il y voir une intervention de Charlotte ? Peut-être, quoique rien ne permette de l'affirmer. D'ailleurs, Fritz n'était pas le fils de Carlotta, il n'était que le fruit d'un premier mariage d'Helmut, que Carlotta, magnanime, voulait bien tolérer. C'était sans doute une manœuvre habile d'August pour décharger Charlotte du poids de Mart : elle aussi aurait pu déclarer qu'il était le fils d'Eerik, nullement le sien, et que si elle les assumait, lui et sa maladie, ce n'était que par sa propre volonté, non par la malice du destin, le destin qui survolait les foyers endormis, claquait des dents au-dessus de telle ou telle fenêtre, et voilà qu'à l'instant même c'en était fait : le grand-père mourait d'une attaque dans son fauteuil, le chat de la famille glissait sur le toit, le fœtus dans sa poche visqueuse et molle avait tout à coup une malformation, invisible mais définitive, dont, jusqu'au jour de sa naissance, personne ne saurait rien.

Que dire par ailleurs d'August et de Charlotte ? Je pourrais brosser un tableau idyllique de cette semaine qu'August passa dans la maison d'Eerik, une petite pastorale entre deux pages du feuilleton ; mais par où commencer quand il ne se passe rien ? Les journées prirent vite un rythme inaltérable comme si August était là depuis toujours. La chaleur stagnait jusqu'à la nuit, les nuages étaient descendus si bas que, lorsque August levait la tête, il croyait se trouver dans les combles du ciel. Charlotte et August observaient les nuages. Ils se montraient les poulets, les canards et les dragons, les vaisseaux fantômes et les châteaux, la lente circulation s'effectuant dans le ciel, en permanence embouteillé. Ils s'installaient sur le tas de pierres à l'ombre, et à la fin de la journée seulement descendaient vers les carottes ou les pois nains, pour arroser, sarcler et récolter. Charlotte portait son chapeau noir à large bord ; où l'avait-elle donc dégotté ? Un chapeau de deuil ou de carnaval, au demeurant bien pratique contre le soleil. Le matin, August écrivait le feuilleton. Tandis qu'il s'enfermait sur la véranda, Charlotte et Anna faisaient sortir Mart, l'expédiant dans les framboisiers ou le laissant jouer dans une grande bassine d'eau. Au petit matin, les dahlias s'épanouissaient pour former des pompons à multiples alvéoles, évoquant des poumons parfaitement circulaires. Lorsque ces poumons se flétrissaient, se recroquevillaient, devenaient flasques, il était midi, l'heure du déjeuner, la borne inamovible du travail d'August, car Charlotte l'appelait à table, après quoi August lui lisait l'épisode, pour ainsi dire en avant-première. Chaque jour de cette semaine, August écrivit jusqu'à midi, déjeuna, fit la lecture à Charlotte, puis se rendit au bureau de poste du village en empruntant l'ancienne voiture d'Eerik pour expédier l'épisode nouveau-né au *Tänapäev*. En sus du feuilleton, à la demande de Mart, August, qui n'avait jamais eu d'idées, se mit à inventer des tas d'histoires, l'histoire de la pilule à oubli, l'histoire du livre qui mordait ses lecteurs, l'histoire de la lune triste et du chat errant. Charlotte prenait August pour un créateur et s'extasiait devant son génie. Pourtant, moi, qui suis une créature d'August, je puis prouver qu'il n'en était rien. Moi, la figurine de papier mâché, qui ne suis littéralement personne et qui ressemble en tout point à n'importe qui, moi l'être aux idées de papier mâché, moi l'assemblage de lieux communs qui font le caractère de tout un chacun, et dont pas un seul d'entre nous n'est exempt si ce n'est peut-être à ses propres yeux parce qu'il se regarde d'un peu trop près. Moi donc, dans la capsule de papier mâché, dont la liberté très surveillée se limite aux omissions d'August, j'atteste que l'invention n'existe pas. Tout se fabrique, rien ne se crée.

Le vendredi, le marchand ambulant se présenta dans la cour. Il se déplaçait toujours à pied, en tirant derrière lui une sorte de charrette, remplie de livres empilés sous une bâche et aussi d'objets hétéroclites venant peut-être des maisons du voisinage ou d'une mystérieuse cave d'Ali Baba. Lui-même était une créature anachronique, un personnage échappé d'une autre histoire qui se serait déroulée cinq décennies plus tôt. August, qui n'avait jamais vu pareille créature, était curieux de fouiller dans le tas de livres, mais Charlotte dit qu'elle n'avait besoin de rien et refusa qu'on écarte la bâche. Elle connaissait le marchand ambulant et avait peut-être honte, devant August, de la littérature qui se trouvait là-dessous, d'autant plus que Karl lui parlait comme à une vieille cliente et s'étonnait qu'elle ne veuille rien lui acheter. Peut-être était-ce aussi une victoire pour Charlotte, une petite revanche prise sur son mari absent, sur tous les hommes qui venaient et repartaient, qui passaient un instant, puis la laissaient de nouveau seule, tandis que pour eux la vie se poursuivait, quelque part dans le monde du bruit et du mouvement, là où se rencontrent les plaques tectoniques des événements, où de grandes révolutions changent le cours des choses et où, à chaque instant, tout peut se retourner. Charlotte, qui aimait les histoires à l'eau de rose et commandait même des livres sur des catalogues, n'en avait désormais plus besoin, puisqu'elle avait à sa disposition son récit continu, un livre vivant, qui, contre toute attente, ne se dérobait pas, mais restait là alors que rien ne l'y forçait. Le marchand ambulant dut en prendre son parti. Il dirigea son chariot vers la grille, et l'instant d'après, il avait disparu, malgré ses douleurs ligamentaires au genou gauche, et si vite qu'on songeait aux démons des vieilles légendes qui, surgissant de derrière le fourneau, piaillaient « par pitié cuisinière, une louche de soupe ! » puis, d'une seule gorgée, vidaient la marmite ; une louche de soupe et une goutte de sang.

Avant d'en terminer avec cette semaine, je veux encore évoquer Anna et Charlotte ; la drôle de relation d'Anna et de

Charlotte. C'est le moment ou jamais de le faire, pendant qu'August aide Charlotte à cueillir le tilleul, et avant qu'il ne décide de retourner en ville. Anna était l'employée de la maison. Elle entretenait donc avec Charlotte une relation professionnelle, mais comme cela arrive naturellement lorsque deux femmes passent un certain temps ensemble, confinées dans le même espace, sans immixtion de l'extérieur, elle avait acquis une place dans sa vie privée. August percevait confusément la rivalité entre Anna et Charlotte, mais elle lui paraissait injustifiable et il ne pouvait pas se la représenter. Anna était une grosse villageoise sans instruction dotée de seins tombants et d'énormes jambes que bien sûr elle n'épilait jamais, si bien que, quand sa blouse était un peu plus courte, August apercevait un mollet bombé à la peau parcourue de varices et parsemée de longs poils noirs. Cette image d'ailleurs ne choquait pas August, qui ne considérait pas Anna comme une femme. C'était une sorte d'être asexué, ou hermaphrodite comme les escargots. On pouvait être amoureux de Charlotte, pas d'Anna. Selon August, Charlotte n'avait donc aucune raison de se comparer à la nourrice de Mart, car elle était féminine et astucieuse, plaisait aux hommes, avait des rudiments de culture, un fils, un mari et de l'argent. Elle entrait dans une autre catégorie. Charlotte était pourtant bien jalouse d'Anna, mais les raisons de cette jalousie, solides et justifiées, dépassaient la limite d'un entendement masculin. On aurait pu aussi inverser la question car, pendant ces mois d'été, je ne m'interrogeai pas sur le dépit de Charlotte, mais sur l'opiniâtreté d'Anna, qui, malgré les vexations permanentes de Charlotte, s'obstinait à rester à son service. Charlotte cherchait sans cesse la petite bête, s'agaçant de la manière dont Anna élevait Mart. Tout cela amplifié s'il y avait un témoin, en particulier si le témoin était un homme. Qu'est-ce qui empêchait Anna de partir, en dehors du salaire versé par Eerik qui complétait sa paie de caissière (en hiver, elle travaillait à la station-service, aux heures tardives où le magasin du village étant fermé, les ouvriers venaient y chercher de l'alcool qui aidait à oublier la nuit continue, effaçait les tiraillements pénibles dans les bras et perforait les estomacs) ? Sans doute son attachement excessif, maternel, immodéré, déraisonnable à Mart. Et Charlotte, qui ne souhaitait pas s'occuper de Mart, ni se charger des mille actions pénibles, insignifiantes, qu'implique l'éducation d'un enfant, en voulait à Anna de cet attachement, ainsi que de l'amour manifesté par Mart, qui réclamait Anna pour la moindre petite chose, pour les choses qui justement agaçaient Charlotte, mais desquelles, malgré tout, elle se sentait évincée. Charlotte possédait donc tous les attributs de la supériorité, mais Anna lui était supérieure par des voies terroristes, des voies détournées.

La grande préoccupation de Charlotte cet été-là fut d'empêcher Anna d'approcher August comme si elle redoutait un transfert d'affection tel qu'il s'était déjà produit pour Mart. Elle l'envoyait faire des courses par-ci par-là, lui inventait des travaux dans la maison et, lorsqu'elle ne pouvait pas l'éloigner, elle s'appliquait du moins à la faire taire. Anna aussi appréciait les histoires. Elle voulait en savoir plus sur moi, sur mon engagement en tant que dissident. Elle demandait ce qu'August allait décrire : les manifestations estudiantines, le premier meeting dans le Parc aux Cerfs, la Révolution chantante, tous les événements de 1989, ceux d'après, ou ceux d'avant ? Incidemment, elle essayait d'en savoir plus sur August, qu'elle avait intégré à son panthéon d'hommes exceptionnels, où Eerik figurait aussi en bonne place. Mais Charlotte la rabrouait toujours, sans doute par esprit de contradiction car elle aussi, au fond, aurait aimé en savoir plus pour conforter la mythologie personnelle qui, depuis l'arrivée d'August, mardi, se condensait comme une nappe de brouillard autour de lui.

Ainsi, entre les repas et les histoires, la cueillette du tilleul et des haricots, le 1er juillet finit par être là. Ce 1er juillet 1996 sonna comme un avertissement à l'oreille superstitieuse d'August, lequel se laissa impressionner et décida de retourner en ville. Il examina les horaires des bus, et fixa son départ à seize heure trente, heure où partait l'express de l'après-midi. Ce matin-là, Anna arriva du village en apportant une bouteille pleine de jus de bouleau, qui n'était autre que de la sève détournée, récoltée au mois d'avril, puis fermentée avec du sucre. Charlotte en remplit deux petits verres, en tendit un à August, prit l'autre pour elle, et, aussitôt, fut saisie comme lui par le regret, le regret semblable à un bonbon acidulé que l'on suce lentement et qui fait saliver, le regret qui n'arrive jamais après, mais que l'on sent en avance sur les événements, de même que les briques formant les immeubles sont cuites bien des années avant qu'on creuse les fondations. Donc, Charlotte et August, assaillis de regrets, entrechoquèrent leurs verres les yeux dans les yeux, burent le jus de bouleau comme un philtre d'amour et se jurèrent silencieusement fidélité.

CHAPITRE 13

August resta trois semaines à Tallinn. Les deux premiers jours, il courut dans tous les sens : il récupéra ses honoraires, s'acheta un costume pour les grandes occasions, régla sa facture d'électricité, traîna dans les rues de la vieille ville, s'assit dans un café puis dans un autre, fit comme si les vitrines des libraires l'intéressaient, se donnant ainsi deux jours de vacances pendant lesquels les choses les plus banales suscitaient en lui l'émerveillement. Le troisième jour, il ne trouva rien à faire. Il revint pour de bon dans l'appartement, y dispersa le contenu de sa valise, chemise sur l'abat-jour, chaussettes sales par terre, qui se mettaient en boule et roulaient dans les coins, ou allaient sciemment stationner dans la poussière, sous la commode blanche ou sous le canapé. Il n'avait plus qu'à écrire la suite du feuilleton. Le matin, il s'asseyait à son bureau, griffonnait puis tapait les trois mille signes, sortait pour déposer le texte au *Tänapäev*, achetait des petits pains à la carotte, et revenait lentement par le boulevard, escorté du parfum jaune des tilleuls dont les parachutes légers voletaient autour de lui. Il ne savait que faire de son temps. La température augmentait chaque jour, l'eau s'évaporait par les bouches d'égout, les touristes, les chiens, les maisons suaient, les crucifix suaient dans le ventre des églises, et cela jusqu'à dix heures du soir où le soleil, qui consentait à se coucher, allumait dans les fenêtres des immeubles de petits incendies sanguinolents.

August avait pris des résolutions : lutter contre l'envie de revoir Charlotte et pour cela, travailler, s'occuper l'esprit. Il s'asseyait, croisait les jambes, les décroisait, appuyait ses coudes sur le bureau, se levait, se traînait jusqu'à la cuisine, réchauffait le café du matin dans une casserole, jusqu'à ce qu'après la quatrième tasse, qui avait le goût de la casserole brûlée, des gouttes de sueur glissent le long de ses tempes et que sa tête tremblote au moindre mouvement. Personne ne l'avait obligé à rien. Ni à revenir en ville, où le ciel chauffé à blanc luisait sur les maisons comme l'œil fiévreux d'un malade, ni à renoncer à voir Charlotte dont pas même Eerik, occupé par ses secrétaires, ne revendiquait la propriété. Peut-être flairait-il en Charlotte un danger, et craignait-il de trop se livrer à elle, ou simplement d'être repoussé. Peut-être devinait-il qu'en amour le meilleur se situe en amont, dans l'époque des douloureuses incertitudes, des promesses muettes et des rêveries, bien avant l'échange charnel qui entérine la rencontre de deux êtres, tandis qu'une fois l'échange consommé, s'amorce inévitablement le chemin conduisant à l'indifférence, à l'ennui, voire au dégoût. Régulièrement, c'est-à-dire un jour sur deux, il prenait la décision d'écrire à Charlotte. Il rédigeait des lettres interminables, tantôt lettres d'amour, tantôt lettres d'adieu, qui toutes, immanquablement, finissaient en boule et rejoignaient les chaussettes poussiéreuses sous la commode. Je regrette de ne pas les avoir ramassées, elles auraient formé un vrai recueil d'exemples, une sorte de manuel de rhétorique, et constitué, à coup sûr, un succès de librairie. Mais à l'époque, j'avais d'autres soucis — les allers-retours mystérieux d'Helmut et la combinette noire de Carlotta qui, un matin, fut mise à sécher dans le jardin et dont les fines dentelles virevoltèrent plusieurs heures sous ma fenêtre comme les ailes d'un papillon de nuit. En septembre, lorsque August revint pour de bon, il était trop tard pour s'en occuper. Tout se passa alors très vite : les lettres furent délogées de leur cachette et atterrirent directement dans la benne à ordures en compagnie de trois chaussettes méconnaissables. En attendant, puisque nous n'en sommes pas là, quand je repense à ces journées désœuvrées d'August, moi qui les vois d'ici, du mois de décembre, tandis que les stalactites accrochées à la gouttière étendent leurs barreaux devant la fenêtre, il me semble de plus en plus patent que ce qui engagea August à partir, ce fut la chaleur de ce mois de juillet, où même les pommiers se mettaient à maigrir, devenaient courbes comme sous l'effet d'un mirage, et où les pommes ratatinées, blanches dehors, noires dedans, ressemblaient aux joues d'un vieillard.

Le mercredi 23 juillet, August prit de nouveau le bus pour Pärnumaa et réserva même le taxi à l'avance. Cette fois, talonné par la chaleur ou pas, il avait enfin pris une décision : il irait voir Charlotte et se déclarerait.

Lorsqu'il arriva à Pärnumaa, qu'il ouvrit la grille et entra dans le jardin, il n'y avait personne pour l'accueillir. Personne devant la table en fer forgé, personne non plus sur la véranda. Dans le jardin de devant, les groseilles desséchées par la chaleur pendaient en grappes fripées le long des branches, d'un rouge anormalement foncé, comme des gouttes de sang tirées du bout d'un doigt pour signer un pacte ou une promesse. August eut un mauvais pressentiment, et il évita d'appuyer sur la sonnette électrique. Il contourna la maison par les framboisiers jusqu'à la porte de derrière, qui donnait sur la cuisine.

Et le voilà dans la cuisine, l'antre de Charlotte, la pièce préhistorique, où l'ancien mur en briques du poêle, qui servait aussi de four et de cuisinière, chauffait quelle que soit la température, où les mains devenaient moites et les joues rouges, où des papiers tue-mouches pendaient du plafond, en spirales jaunâtres constellées de taches noires, et où la vapeur sortant des casseroles d'eau, parfumée au chou-fleur et à la pomme de terre, se déposait à la manière d'un calque sur les quatre carreaux de l'unique fenêtre, rendant la lumière blême comme dans le cul d'une bouteille. Anna est debout devant la cuisinière. Elle prépare des tartines aux œufs brouillés. Elle appuie la fourchette jusqu'au fond du bol, écrase les œufs de la main droite, sa poitrine accompagnant le mouvement, et de la gauche fait des signes en direction de Mart pour empêcher celui-ci d'empiler les chaises en tour de Pise, de plonger le bras dans le seau à ordures ou de se servir de la bassine comme d'un tambour. Quand August entre, Mart se met à piailler ; le voilà son sauveur, son libérateur ! celui qui doit rendre la vie à la maison, inventer de nouveaux jeux et de nouvelles histoires, tirer l'univers de sa torpeur ! August s'installe en bout de table, il préside, on le gave de tartines aux œufs brouillés comme la bête promise au sacrifice, et quand il commence à être repu, on éclaircit enfin le mystère : Charlotte ne s'était pas levée, ce matin-là, elle restait allongée dans sa chambre, une serviette mouillée pliée sur le front. Une migraine ? Anna prit un air impénétrable, à vrai dire, ça durait depuis deux semaines, la migraine si l'on veut, ou autre chose. Anna en parlait à voix basse comme d'une espèce de chancre ou de tarentule prête à lui sauter dessus. Les volets de la chambre restaient fermés, on devait être attentifs à ne pas faire de bruit, sinon il arrivait que Charlotte sorte tout à coup, jetant des regards furieux autour d'elle. Elle ne disait rien, essorait la serviette, la plongeait dans la bassine, puis repartait. Mais d'autres fois, elle devenait enragée et s'en prenait à ce qu'elle trouvait sous sa main — ils avaient déjà perdu deux assiettes du service bleu, le beau service neuf offert par Eerik. Anna dodelinait de la tête : elle s'en voulait de ne pas l'avoir anticipé, de ne pas les avoir rangés avant (dois-je noter que cette histoire de vaisselle cassée faisait étrangement écho à la crise de Fritz comme si Charlotte s'appliquait à renverser la donne, à accorder sa vie au feuilleton). Alors, Mart et Anna préféraient sortir, mais que faire dehors par cette canicule ? Et Eerik, il n'était pas revenu ? Non, pas depuis la dernière fois.

August porta sa valise dans le salon. Sous les regards effarés d'Anna, il ouvrit la fenêtre, puis s'assit avec Mart sur le canapé pour lui conter une histoire de chien parlant. La métamorphose espérée par Mart se produisit, comme quand le prince passé par la haie d'aubépines, et qui s'est griffé le nez, les jambes et les bras, s'est retrouvé en bien triste état, entre finalement dans le manoir ensorcelé, que tous ses habitants, gardes, domestiques, souris, s'étirent et s'éveillent de leur sommeil magique ; on ramasse vite du bois, on récure les marmites, le fumet du pot-au-feu s'élève dans les étages, chatouille le nez des gardes, des palefreniers et monte même jusqu'au lit de la Belle au Bois dormant. Quelque chose avait changé dans les bruits de la maison. Les chambres se mirent à respirer. Les rideaux du salon battirent doucement comme des paupières ; soudain, le miracle lui-même eut lieu : on entendit des pas dans le couloir, Charlotte sortait dans le jardin.

August inventa encore des histoires, des histoires d'automates qui avaient une âme, d'enfants avalant un noyau de fruit et en qui poussait un cerisier, de piano à dentier, de crapaud et de sorcière, pendant qu'Anna, qui en avait enfin le temps, étalait la pâte sur la table de la cuisine, la soulevait d'un geste et la retournait, jusqu'à ce que celle-ci ait à peine l'épaisseur d'un drap. Quand la pâte fut en place dans le plat à tarte, avec, disposées dessus, les carapaces molles des prunes mauves à reflets bleus, August alla rejoindre Charlotte dans le jardin.

Elle était à genoux près d'un parterre de fleurs, en train d'arracher les mauvaises herbes. August s'accroupit au bord du parterre, arracha à mains nues quelques lianes de liseron, deux pousses d'asters, un souci qui avait grainé et enfin une ortie qui ne disait pas son nom. Aussitôt des boutons apparurent sur sa main, blanchâtres, gonflés et urticants, puis la veine qui part du cœur comme une ficelle bleue, fait une boucle au-dessus des premières phalanges pour retourner dare-dare au cœur, se gonfla elle aussi et se mit à palpiter. Charlotte sourit à la vue de cette blessure, de cette offrande, de cette épreuve initiatique, comme avaient dû sourire des siècles plus tôt les femmes installées tout autour de la lice, regardant le jeune blanc-bec qui portait leurs couleurs défier son adversaire à la massue ou à l'épée. Elle retrouva en elle quelque chose de médiéval qui là non plus ne disait pas son nom, avait été refoulé depuis longtemps, avait laissé s'empiler au-dessus de lui la masse des choses et des sentiments du quotidien. Charlotte se leva, enleva ses gants, les posa négligemment au bord du parterre, les abandonnant comme deux mains de caoutchouc. Elle quitta le tas de mauvaises herbes, les asters destinés à devenir jaunes ou roses, et guida August vers le fond du jardin, s'éloignant suffisamment de la maison pour que ni Anna, ni les mânes de la ferme, ceux des ancêtres, des veaux, des vaches, ni des poules ne puissent rien entendre de ce qui allait s'y dire. Ils s'arrêtèrent à la lisière de la forêt, à la limite du territoire des loups, s'installant dans la petite rotonde, campée comme un dernier bastion d'humanité sur la frontière imperceptible où la culture va basculer dans la sauvagerie. C'est là, assis dans la rotonde, témoignage d'un bonheur tranquille et démodé, dont les colonnes construites en bois imitaient la pierre, que Charlotte prit August pour confident.

August écouta et crut comprendre. La vie très ordinaire de mère de famille qui depuis des années n'avait pas de métier parce que Eerik gagnait tellement bien sa vie (devait-elle lui en vouloir ou le remercier ?). La vie ordinaire qui était faite d'attente, d'espoirs infondés et de déceptions ; où il fallait bien espérer à nouveau, on ne savait pas très bien quoi, avec l'inévitable risque d'être déçue, sans que l'espérance, l'acompte gaspillé, puisse compenser la perte qui suivrait. Ce que comprit ou crut comprendre August, c'est que Charlotte avait eu à peu près comme tout le monde l'espoir d'une existence singulière, mais n'avait que la vie d'une femme de directeur. August y vit un idéalisme louable. J'ajouterai pour ma part que la femme de directeur, qui vivait dans un luxe relatif et n'avait pas à s'inquiéter du quotidien, laissait trop souvent son esprit vagabonder, lui permettant de soupeser son existence comme on le fait pour l'âme du pharaon après sa mort, sauf que Charlotte devait trouver, bien au contraire, que ce qui était posé sur la balance était dans son cas beaucoup trop léger, léger comme une plume d'oie ou un flocon de neige. En somme, Charlotte, qui avait trop de temps pour réfléchir, souffrait simplement d'être placée là, au milieu des théières à anses ébréchées, des chaises bancales, des rideaux transparents ou opaques, et au milieu des infidélités d'Eerik que le nouvel appartement au centre de Tallinn, dans la tour de verre de vingt étages, où il est impossible d'ouvrir les fenêtres, ne parvenait pas à compenser.

Eerik. Charlotte glissa sur ses aventures, et, remontant le temps en crabe, comme pour se justifier de l'avoir épousé — peut-être aussi pour s'en rappeler à elle-même le pourquoi —, elle évoqua leur mariage puis leur rencontre, au début des années 1990. August dut écouter ce récit et supporter d'imaginer Charlotte, jeune femme, tombant amoureuse d'Eerik, ce qui ne pouvait pas lui entrer dans la tête, parce qu'au moment où Charlotte prononçait ces mots, August sentait approcher l'instant où elle passerait enfin à son égard d'un sentiment de discrète attirance à quelque chose de plus consistant. Peut-être bien que cet instant était imminent, peut-être même venait-il déjà de se produire, il n'y avait pas de signes dans le ciel ou sur la terre pour signaler cet événement simplement humain : pas de buisson ardent qui s'allume dans la montagne comme l'ampoule d'une fausse cheminée d'apparat, tandis que dans les flancs de la falaise, les os des morts bientôt transformés en craie s'entrechoquent à la manière de vulgaires cuillères en bois, et qu'en bas, dans le désert, les multitudes nourries de manne se prosternent comme un seul être sur le sol ingrat.

Le récit de Charlotte, qui était une confession, peut-être même une sorte de déclaration par laquelle elle signifiait son congé à Eerik, évoquant une dernière fois son souvenir comme on le fait à un enterrement, avait été raconté trop en détail, trop longuement, comme s'il avait échappé à Charlotte. August ne savait pas ce qu'il devait en penser. Le souvenir d'Eerik se mit à flotter et se plaça adroitement entre August et Charlotte, dur comme un caillou, grenu comme un noyau, glissant comme un morceau de savon vert. Tant que ce souvenir ne sera pas dissous, réduit dans le vin comme la pierre de crapaudine, de nouveau stratifié et transformé en terre, Charlotte et August en prendront leur parti, seront condamnés à s'observer, chacun agrippé à un bord du souvenir comme au volant d'une de ces nacelles de grande-roue, dont la tôle ondulée et peinte de couleurs vives fait songer aux emballages de papier translucide qui garnissent les boîtes de chocolats. Charlotte et August, de part et d'autre du volant, excités et secrètement anxieux à l'idée de tomber, étaient donc là, condamnés à se regarder, chacun attendant de l'autre qu'il règle le problème, enjambe le souvenir et le réduise à néant. Tout le monde a vu ces comédies à bon marché où le meilleur ami et témoin de la mariée lui déclare son amour au dernier moment (la mariée grimace, tourne le dos à l'autel, tord la traîne de sa robe et, tout à coup, s'enfuit, laissant en plan les volutes de la pièce montée, les bouquets d'orchidées, les invités en smoking qui, scandalisés, se balancent d'une jambe sur l'autre, marmonnent, s'indignent, soupirent ou poussent des cris). Le petit pas pour surmonter le souvenir, pour enjamber le récit de Charlotte, la prendre dans ses bras et l'embrasser était aussi difficile pour August que la révélation du tout dernier instant qui tombe dans la nef, alors que le prêtre, la main déjà levée, s'apprête à prononcer les mots définitifs.

Ainsi, quand l'heure du dîner arriva, Charlotte et August étaient plus proches que jamais, mais sentaient aussi avec une acuité nouvelle ce qui les séparait l'un de l'autre, cette cloison invisible, en papier de soie, que le récit de Charlotte avait produite. Charlotte ramassa les gants de caoutchouc, August prit le panier rempli de mauvaises herbes pour le vider sur le tas de compost. Sur sa main les boutons s'étaient résorbés. Charlotte chassa Anna de la cuisine, sortit la tarte aux prunes du four, prépara sa sauce à l'estragon et glissa dans le four la poule à l'estragon, une poule qui, quelques jours plus tôt, avait pondu trois derniers œufs au jaune luisant.

CHAPITRE 14

Nous voici de nouveau dans la chaleur et dans le froid, dans la sueur et les tremblements. Sans même qu'August ait eu à intervenir, la neige a pris possession de la ville ; la rue, les jardins sont recouverts d'une lirette sale, qui étouffe l'herbe, les pavés, l'asphalte, et les protège, les réchauffe, les engourdit. Le liseré de neige sur le rebord de la fenêtre, les fleurs de givre sur le pourtour des vitres, qu'aucun souffle chaud ne vient effacer, entourent le monde d'une fine trame blanche, lui donnant l'aspect irréel d'une vieille photographie. Regardant par la fenêtre, je ne sais plus ce qui existe, ce qui a existé : ces deux étés superposés, dégorgeant de chaleur, en permanence éblouis, ou cet hiver interminable qui rappelle les expériences de sommeil artificiel. Jusqu'où pourrai-je m'avancer dans cet hiver avant qu'un fil invisible ne me tire en arrière pour me retenir dans les limites fixées par August ? Une fois cette histoire menée à terme, serai-je condamné à la ressasser ou pourrai-je sortir de l'appartement, d'un récit refermé une fois pour toutes, d'un personnage qu'on m'a imposé, et m'étirer, me laisser pour de bon derrière moi, comme de vieux vêtements dont on se débarrasse en les déposant derrière la porte d'une œuvre de charité ? En attendant, quel choix me reste-t-il, sinon celui de replonger dans cet été, en suffoquant et grelottant ?

Le lendemain de son arrivée, August réalisa un tour de force. Il prit une décision sans consulter personne, puis l'imposa aux deux femmes et à Mart : il emmènerait Charlotte en ville, car elle avait besoin de changer d'idées. Puisque August prévoyait de rentrer tard, Anna devrait passer la nuit à la maison. August consola Mart qui pleurnichait en promettant de l'emmener une autre fois ; il installa Charlotte dans l'ancienne voiture d'Eerik et tourna dans la direction de Pärnu.

Charlotte était excitée comme une petite fille par ce voyage de trente kilomètres qu'elle aurait pu facilement faire seule, mais que son atonie l'empêchait d'entreprendre. August se gara devant le théâtre et ils rejoignirent la plage déjà surpeuplée en passant par les petites rues de la vieille ville. Charlotte se changea dans l'une des cabines vertes sur lesquelles l'affiche en couleurs d'une femme aux longues jambes vantait une nouvelle crème solaire. August portait son maillot sous ses vêtements et n'eut donc pas à dissimuler sa nudité blafarde derrière le hâle du mannequin. J'ignore s'ils allèrent se baigner ; l'eau était chaude comme de la soupe et devenait pâteuse par endroits. Ils pataugèrent peut-être ensemble, et dans ce cas, August éclaboussa Charlotte, encore que tout cela soit incertain car ils ne pouvaient abandonner le sac de Charlotte où se trouvaient les vêtements, le portefeuille d'August, son permis de conduire, les clefs de la voiture. S'ils nagèrent, ils le firent sans doute à tour de rôle, à moins que les deux babouchkas qui faisaient leur gymnastique à côté d'eux, avec force rotations des bras et des hanches, au cours desquelles leurs énormes jambes suantes secouaient les paquets de graisse accumulée dans un léger frétillement gélatineux, n'aient eu la gentillesse de garder leurs affaires. Ensuite, parce qu'on avait vite trop chaud sur la plage, August loua des vélos pour une heure et fit avec Charlotte le tour des parcs, où les fontaines crachotaient paresseusement, rappelant des souvenirs d'anciennes villes thermales par leurs pelouses entourées de grillages en arceaux verts, leurs parterres de géraniums et de bégonias, leurs vendeurs de glaces et leurs balançoires en fer. Ensuite, ils s'installèrent à une terrasse de la rue Aguli et commandèrent des cafés frappés. Dans les verres, sous les couches de crème et de café, les glaçons s'imbibaient d'une légère teinte marron, et le visage de Charlotte se colorait aussi : elle ne portait pas l'énorme chapeau noir qui empêchait habituellement le soleil de l'approcher. Ils se promenèrent dans la ville, peu à peu gagnés par l'ennui, et Charlotte fit de la balançoire, attendant l'heure du dîner. Ce fut en somme une de ces journées oisives où l'on ne sait que faire, mais où il faut occuper coûte que coûte le moindre instant pour avoir l'impression qu'on en a profité. D'ailleurs l'essentiel dans cette journée, ce ne furent ni la plage, ni les coups de soleil, aucun des événements dont j'ai parlé, mais ce qui s'y trouvait en gestation et en sortit les jours suivants, à savoir un épisode clef du feuilleton, celui de la promenade avec Carlotta, l'épisode où tout bascule, où tout devient limpide à des yeux clairvoyants, mais où, hélas, nous n'en savons encore rien.

Inspiré par son escapade, August inventa un jour de juillet brûlant, propice aux promenades en bord de mer et à la dégustation de sorbets. Helmut était allé en ville ; tout le monde, dans la maison, somnolait. La touffeur était telle, ce matin-là, qu'après être resté assis quelques minutes, dans le bourdonnement des mouches moribondes et dans l'air chaud qui s'enroulait autour de moi comme un cataplasme étanche d'argile, je résolus de prendre un jour de congé. Je récupérai mes affaires de bain et mon anthologie de poètes allemands, destinée à impressionner Carlotta au cas où je la croiserais dans la cour, puis me dirigeai vers la mer. Je ne m'attarderai pas sur la mise en scène, ni sur l'effet de surprise ménagé par August. Disons-le sans détours : en chemin, j'aperçus Carlotta, son dos à demi nu, ses omoplates saillantes, sa nuque dépassant d'un chapeau rond en paille. J'accélérai pour la rattraper ; elle n'avait pas l'air mécontente de me voir.

Nous cherchâmes un endroit à l'écart, nous assîmes l'un à côté de l'autre, près d'un arbre craquelé et tordu, coude de géant appuyé sur le sable. Carlotta m'avoua sa nostalgie de l'Italie et je vis aussitôt derrière les pins, derrière nos maisons maigrichonnes en lambris qui ressemblent à des caricatures de chalets suisses, les forteresses toscanes à moitié éboulées où la fente des meurtrières laisse entrevoir un morceau de ciel, bleu et froid comme l'œil du bourreau. Voilà encore un abîme entre Charlotte et Carlotta. Tandis que Carlotta évoquait les châteaux forts et les gratte-ciel visités à New York, Charlotte admirait les maisons basses des années 1920, mais se méfiait des tours qui, en Amérique, bravaient les lois de la gravité. Elle aimait les modestes maisons de banlieue entourées de murets et de petits jardins artificiels où la nature est si bien arrangée par les humains qu'elle fait songer à ces plants de plastique et de tissu que l'on trouve dans les boutiques de souvenirs, pimpants, rigides, éternellement fleuris. Quoique je n'eusse jamais voyagé, je comprenais la nostalgie de Carlotta, et ce qu'il y avait d'étrange dans sa présence chez nous. Mais Carlotta secoua la tête. Voyant dans cette dénégation le simple désir de ne pas me blesser, je réaffirmai que ce pays n'était pas à sa mesure et qu'elle avait le droit de s'en plaindre. Elle haussa les épaules, puis, pour me convaincre, fit cet aveu : elle ne se déplaisait pas chez nous, puisqu'elle avait appris un peu d'estonien ; et, avec un accent italien prononcé, basculant l'intonation sur la syllabe finale, elle énonça la suite dans notre langue — je faillis en tomber à la renverse. À l'époque, il semblait impossible qu'un étranger qui n'y était pas contraint puisse apprendre ce dialecte, en passe d'entrer dans le panthéon des langues mortes. Elle évoqua le jardin de la villa, le retard des fruits par rapport à l'Italie, sans rien dire des espèces n'existant pas chez nous ; puis elle m'interrogea sur mon enfance, qu'elle devait s'imaginer pittoresque, puisque campagnarde. Que pouvais-je bien lui raconter, moi qui n'ai pas de souvenirs d'enfance ? Sans doute avais-je eu comme tout un chacun le sentiment de passer ces années empaqueté — à cause du froid et des contraintes imposées aux enfants que les adultes savent inventer à qui mieux mieux. Mis à part ces quelques généralités, il y avait les souvenirs venant d'August. Je les passai rapidement en revue : August avait été un enfant un peu gros, pataud, du moins jusqu'à l'adolescence où il se mit soudain à pousser, comme certaines fleurs, qui de manière imprévisible, s'allongent, se dressent. Il prit alors une allure maigrichonne, et lorsqu'il devait se couvrir d'une capuche, ce à quoi sa mère, le surveillant par la fenêtre, l'obligeait par temps de pluie, il ressemblait à une créature marine, glissante, gluante et bossue. Au demeurant, l'intérieur correspondait à l'extérieur car cet August adolescent, fluet, impressionnable, se sentait sans importance ni consistance, si bien que pendant ces années n'importe quel jugement était capable de le réduire à néant. Je ne souhaitais pas m'approprier ces souvenirs ; j'inventai donc pour Carlotta des vaches noir et blanc, des coqs à crête rouge, puis évoquai des travaux à la portée des enfants comme la cueillette des mûres ou le dépierrage des champs. August en fit autant : quand Charlotte l'interrogea sur son enfance, il donna dans le pittoresque, glissant un voile sur ce qui était moins reluisant. Si seulement il avait suivi ce précepte jusqu'au bout, s'il avait repoussé la tentation de se livrer, nous n'en serions sans doute pas là aujourd'hui ; rien de tout cela n'aurait pris fin, les conversations avec Carlotta, les petits plats tendrement mijotés par Charlotte, les étés caniculaires ni les chapeaux noirs. Mais puisqu'on ne peut pas revenir en arrière, continuons à creuser dans cette journée, qui, elle aussi, avançait masquée, nous rapprochant inéluctablement de la fin.

Après l'échange de faux souvenirs d'enfance, Carlotta déclara qu'elle avait soif et me laissa l'inviter à la buvette dressée pour les beaux jours au bord de la plage. Elle s'assit sur un tabouret ; j'allai acheter les boissons. Le petit kiosque, servant aussi de consigne à bouteilles, puait le désinfectant et la bière. Je pris place dans une queue interminable : une armée d'enfants comptaient leurs kopecks pour acheter des glaces à la vanille, tandis que des pères assoiffés faisaient la queue, des sacs plastique à la main, attendant qu'on leur reprenne les bouteilles consignées. J'arrivai à la caisse et passai enfin commande. En sortant, étourdi par la fournaise du kiosque, je vis un homme, d'une quarantaine d'années, qui ne ressemblait guère aux clients habituels de la buvette, aborder Carlotta. Celle-ci lui adressait un discret sourire qu'on pouvait interpréter comme une invite. Je me sentis évincé, trahi, placé dans la position du brave soldat qui, revenant du front, trouve sa fiancée mariée. J'étais en colère contre l'inconnu, irrité contre Carlotta, et je tendis l'oreille pour saisir leur échange, tout en m'interrogeant sur l'attitude à adopter. Je crus d'abord avoir mal entendu car, en arrivant au niveau de la table, j'interceptai au vol le mot « Cendrillon » que Carlotta prononçait en réponse à une question de l'inconnu qui, à mon grand dépit, m'avait échappé. L'homme me regarda, contrarié lui aussi ; je le gratifiai d'un sombre hochement de tête, tout en posant résolument sur la table les bouteilles d'eau minérale et la glace déjà fondue. Je compris alors ce qu'on voulait à Carlotta, car celle-ci, sans me regarder, fouilla dans son sac, en sortit ses cigarettes, tendit le paquet à l'inconnu et lui dit, en haussant les épaules, « Gardez-le ». L'homme fit semblant d'hésiter un instant — un instant pendant lequel je me demandai si je devais venir en aide à Carlotta. Puis il se confondit en remerciements, Carlotta lui disant encore « Je vous en prie », lui signifiant ainsi son congé, de sorte que l'inconnu nous tourna le dos, pour partir, enfin, en direction de la plage.

Malgré tout, l'équilibre n'était pas restauré. Carlotta me couvait d'un regard étrange qui me parut, peut-être à tort, soupçonneux. Je me demandais si je l'avais déçue, si elle s'attendait à ce que j'intervienne. L'espace d'une seconde, je rejouai la scène en m'insufflant l'héroïsme dont j'avais manqué, bien qu'il fût désormais trop tard. Mais Carlotta dit enfin qu'« il n'en restait qu'une », sur un ton hésitant qui semblait l'excuser plutôt que m'accuser et je lus dans ces mots la grandeur de Carlotta, elle qui nous connaissait suffisamment pour savoir la valeur d'un paquet de cigarettes, lorsque celui-ci venait de l'étranger, puisqu'à l'époque les emballages de chocolats, les cannettes de bière, les paquets de cigarettes, les boîtes à biscuits rapportés de l'étranger faisaient, même vides, l'objet d'une véritable dévotion. Leurs emballages étaient exposés dans le salon, à côté du petit ours olympique et des verres en cristal de Bohême. J'adressai un large sourire à Carlotta, en lui disant pour la taquiner : « *Aschenbecher* se dit *cendrier* ; Cendrillon, c'est autre chose… un conte de fées. » Carlotta eut un rire sonore, comme si elle se moquait d'elle-même, ou de moi, et je sentis que tout était rentré dans l'ordre. Elle se mit à lécher sa glace, l'un de ces sorbets rectangulaires, enrobés d'un glaçage de couleur jaune au parfum anormalement puissant, qu'on importait de Lituanie. Je fis sauter les capsules des bouteilles ; les bulles emprisonnées remontèrent à la surface. L'eau était déjà tiède, piquante et salée, comme l'était ce jour au bord de la mer.

CHAPITRE 15

Les jours qui suivirent le voyage à la mer, Charlotte portait toujours son chapeau noir, sans compresses contre la migraine. Elle allait et venait devant la véranda pour voir August penché sur le bureau en noisetier en train de rédiger l'épisode du jour. Elle préparait le repas de midi. Elle était distraite, oubliait les tomates, la ciboulette, les cornichons, ce qui l'obligeait à ressortir et à passer une fois encore devant la véranda. Pour donner l'image d'un écrivain sérieux, August faisait semblant de ne pas la voir. Il ne parvenait pas à se concentrer. Dès que Charlotte s'éloignait vers le jardin ou la serre, il oubliait ce qu'il avait prévu d'écrire, ou bien cassait la mine de son crayon, si bien qu'il devait continuellement la tailler. Charlotte passait ; August avait baissé les yeux, il fronçait les sourcils, se penchait vers le papier et rédigeait des phrases sans queue ni tête incrustées de chapeaux et de cornichons, c'est-à-dire de choses n'ayant aucun rapport avec le courrier arrivé à la villa, les absences régulières d'Helmut, la mission qui m'avait été confiée. Quand Charlotte disparaissait pour éplucher les cornichons à la peau galeuse, August retrouvait ses esprits. Il écrivit même, ces jours-là, quelques épisodes de première importance qui infléchirent le cours du « Lycéen » et nous valurent une avalanche de lettres de lectrices.

Depuis l'épisode de la buvette, je n'avais plus croisé Carlotta dans le jardin. Le lendemain, elle ne vint pas dîner dans la grande salle ; on lui servit probablement le repas dans sa chambre. Anna lui apporta comme d'habitude l'infusion du soir à la verveine et dut faire attention en traversant le long couloir, car l'eau chaude, dont la théière était remplie jusqu'à ras bord, manquait de l'ébouillanter. Helmut était de nouveau absent. Le surlendemain, Carlotta portait sa robe à motifs bleus ; elle monta dès le matin dans sa voiture et partit. Lorsque Carlotta prenait la voiture, elle restait en général absente plusieurs jours. Je supposai donc qu'elle retournait en ville.

Après avoir pris le courrier, je m'installai à mon perchoir. Dehors, quelqu'un donnait des coups de marteau. J'avais besoin de mettre de l'ordre dans mes pensées : je décidai de ranger le bureau où les documents mal classés avaient formé de petits tumulus, dont l'agencement obéissait à une logique perdue depuis longtemps. Le soleil indiscret fouillait les rideaux comme les dentelles d'une femme, tandis qu'une fausse impression de fraîcheur me parvenait du côté de la mer. Je posai les documents sur le plancher et entrepris un nouveau classement. Parmi les réflexions qui me traversaient l'esprit me revenait, entêté, le souvenir de la buvette. Je tentai bien de l'ignorer, de même que je le faisais pour certains documents qui ne semblaient entrer dans aucune catégorie. J'essayai aussi de ne plus le voir, en concentrant toute mon attention sur ma tâche, mais je dus me rendre à l'évidence : il n'y avait rien à faire ; il fallait l'affronter. Je revis donc la scène avec l'inconnu, Carlotta lui donnant le paquet de cigarettes. Il fallut accepter le souvenir de ma faiblesse, accepter de reconnaître mon manque d'à propos, d'autant plus impardonnable à mes yeux que les attitudes les plus valeureuses me semblaient soudain faciles, voire naturelles.

N'eût été ce souvenir pénible, peut-être n'aurais-je jamais tenté ce qui suit. August, ravi de l'occasion, dirigea mes pensées vers la chambre d'Helmut. Quel meilleur moyen de m'illustrer que cette chambre contenant des trésors cachés, des révélations, des secrets d'État ? Me figurant des découvertes fabuleuses, que je transmettrais aux Historiens, je me remis debout et pus contempler le résultat de mes rangements : un fouillis, une catastrophe, un champ de bataille, où le moindre mouvement devenait périlleux. J'enjambai les îlots de papier, finis tant bien que mal par atteindre la porte, sortis discrètement de mon bureau. Personne ne semblait remuer dans la maison. La chambre d'Helmut se situait au premier. Il me suffisait de descendre d'un étage, de longer silencieusement le couloir, puis de me faufiler doucement dans la pièce, où je savais qu'Helmut ne se trouverait pas. Je glissai jusqu'à l'escalier central, descendis sur la pointe des pieds, longeai le couloir jusqu'à la porte. Mais au moment où j'appuyais sur la poignée, un détail auquel j'aurais dû penser plus tôt vint sournoisement s'interposer entre moi et l'héroïsme : la porte du bureau était fermée à clef.

Je m'écartai de la porte. Carlotta se tenait à quelques pas de moi et m'observait en silence. Un instant d'une longueur inhumaine, un instant à la fois infime et sans fin, comme on en trouve à foison dans les romans d'espionnage, j'attendis les questions de Carlotta. Mais elle se contenta de me regarder droit dans les yeux. Je bredouillai : « Je cherche Helmut ; j'aurais besoin d'une signature. » Carlotta secoua la tête. Elle se retourna sans rien ajouter et je remontai, les jambes tremblantes, vers mon bureau.

Le lendemain, le surlendemain, j'attendis les conséquences de l'épisode. Mais Carlotta, que je rencontrais dans le hall, dont je croisais le regard dans la salle à manger, restait muette et impénétrable. Le troisième jour, j'allai au fond du jardin. J'avais pris le petit chemin de gravier, vers les sapins, jusqu'au banc en pierre qui se trouve devant l'étang. J'entendis le roulement des graviers. Carlotta était là, en légère mantille blanche, bizarrement jetée sur les épaules, retenue sur la poitrine par un gros nœud, et elle s'assit sans rien dire sur le banc. À partir de là, il faut que j'imagine, c'est-à-dire me remémore : les détails, la pomme de pin par terre, devant le banc, dont certaines écailles sont pourries ou brisées, la coiffure de Carlotta, sa mantille blanche ; elle s'assoit sur le banc, si près de moi qu'un pli de sa jupe me recouvre partiellement le genou.

Nous nous contentons d'échanger un bonjour. Je ne sais s'il faut attendre, me taire ou parler. Je reste là en silence, mal à l'aise. Plus le temps s'écoule, plus il devient ardu de prendre la parole. Carlotta, elle, s'amuse avec le gravier, dessinant un cercle du bout de la chaussure (douce odeur d'aspérule de Carlotta au moment où elle a penché la tête), puis, de la même manière, l'effaçant. Elle me tourne le dos. J'essaie d'interpréter son attitude. Mais au moment où je décide de rompre le silence, elle se met à parler de choses et d'autres, de l'orage qui semble se préparer, de la barrière à installer autour de l'étang à cause de Fritz, de plus en plus imprévisible. Que répondre à ces propos ? J'entre dans le jeu de Carlotta, qui me parle comme si tout cela avait de l'importance, comme si nous reprenions une ancienne conversation, mais j'ai l'esprit occupé d'autre chose, j'essaie de deviner où elle veut en venir, comme si derrière les paroles échangées à haute voix, quelque chose s'écrivait en nous. Je devais me l'avouer : j'avais l'impression déplaisante que Carlotta se moquait de moi. Je résolus finalement de me lever, mais avant que j'aie pu esquisser un geste Carlotta avait changé de ton. Elle fit entendre un soupir de lassitude : « Eh bien, je dois m'en aller ; à tout à l'heure ! » Elle se leva, me sourit d'un air tendre ou amusé, fouilla dans sa poche et, du bout des doigts, me tendit une clef marquée d'un ruban rouge.

Tout cela était, une fois encore, la transposition des états d'âme d'August, qui aurait aimé s'ouvrir à Charlotte, mais ne trouvait pas en lui le courage de le faire. Il ne changea donc rien à ses habitudes : écrire le matin, déjeuner, se promener, lire à Charlotte l'épisode du jour ; l'après-midi, ouvrir les fenêtres de la serre où la moitié des tomates avaient brûlé et où les poivrons rouges inconnus dans la région, longs, mous comme des nez de sorcières, faisaient peur au fermier qui livrait le lait. Trois jours après le voyage à la mer, August et Charlotte se promenaient encore, cueillaient les mûres, ramassaient les poires tombées, en avance, mais déjà à moitié pourries, en faisaient des compotes et des confitures — August aidant à fermer les pots avec l'espèce de couvercle à manivelle qui crée un vide dans les bocaux.

Ces jours-là, en mangeant, cueillant et discutant, malgré leur apparente, leur irritante inaction, August et Charlotte gardaient à l'esprit, comme une broderie sur un tissu, l'urgence qui les guettait : l'invisible filet des satellites et celui, matériel, des téléphones, l'invisible filet des trajectoires, prises hier, aujourd'hui ou qui seraient prises le lendemain par les hommes, les machines et les bêtes de somme, l'invisible danse des molécules dans laquelle se niche et se désagrège la vie, l'imperceptible filet des réflexions croisées, des intentions, des prévisions et des regrets, le filet pérenne, souterrain, solide, des rhizomes, des racines et des vers de terre. August avait la bizarre certitude que, au centre de cette toile, se trouvait suspendu ou enfermé le couple qu'il formait avec Charlotte, lié par les stolons qui gagnaient du terrain, l'énorme touffe de rhubarbes et la menthe poivrée, le cadenas hors d'usage car rouillé de la grange, les hirondelles à robe grise qui ont la mémoire longue, les comptines oubliées, les habitudes et les secrets, ici même fermement ficelés ensemble, amarrés comme une île sur laquelle ils se tenaient, tous les deux débordants de pressentiments et pourtant insouciants, étourdis, en attente des cataclysmes qui viendraient un jour, mais que les hirondelles et la croissance des pommes de terre tenaient à distance pour quelque temps.

C'est pourquoi ils se rapprochaient l'un de l'autre, au milieu des dangers futurs, dans l'attente du retour probable d'Eerik, qui aurait lieu et qui n'aurait pas dû avoir lieu. Ils attendaient qu'Eerik vienne les interrompre, attendaient en même temps qu'au lieu d'Eerik quelque chose arrive qui change leur vie. Mais August, par défaut de confiance en lui, Charlotte, par manque d'imagination, par oubli, également, de ce qu'était l'amour (après la métamorphose de la femme en épouse, puis la transformation de l'épouse en mère, elle n'était pas certaine de savoir être encore une femme, de pouvoir être aimée, désirée, choyée), se contentaient d'attendre, sans rien faire, sinon se promener ensemble, cueillir les grappes de cassis et de groseilles, monter sur l'escabeau pour secouer le prunier, manger le midi et le soir les plats préparés par Charlotte.

Malgré tout, un après-midi du mois d'août, le quatrième jour après la mer, quelque chose finit par arriver. La raison tenait aux groseilles trop mûres, bouffies, prêtes à éclater, ou à la vipère qui sortit soudain de l'herbe sous le tabouret d'August. Charlotte eut peur. August chassa la vipère. C'était la peur ou bien le soulagement, un soudain afflux de confiance en soi qui firent qu'August s'approcha de Charlotte, se plaça juste derrière son tabouret, et posa sans prévenir la main sur sa nuque.

Un après-midi d'été plein de cumulus et de groseilles, August posa la main sur la nuque de Charlotte, reprenant à son compte ce geste de ravisseur, le geste de l'animal attrapant sa proie, de la cuisinière saisissant l'oie et la poule, qui ne sont plus à cet instant ni oie ni poule, mais des volailles, des corps encore vivants et pourtant déjà prêts à être consommés. August posa sa main sur la nuque de Charlotte, chaude et douce, car les chignons de Charlotte sous son chapeau se défont toujours dès qu'ils sont noués et les cheveux très fins, un peu électriques, qui sont retombés du chignon, couvrent ses épaules d'un voile glissant. August laissa échapper de son geste des millénaires de combats pour la survie, le chemin de l'homme sortant des forêts, se dégageant de la bête, de la peur et de la faim ; il refit malgré lui le chemin à l'envers pour témoigner de la bête toujours tapie dans l'homme, impatiente de mordre dans la chair. Quant à Charlotte, elle accepta le geste, fut la proie, la victime, l'autre partie de l'homme qui désire avant tout trouver la paix, être protégée, ne pas avoir à se défendre, et qui pour cette raison, en fin de compte, désire être dévorée.

Se passa-t-il quelque chose de plus ?

Je n'en sais rien, je n'entrais pas dans la chambre de Charlotte et ne souhaitais pas entrer dans la vie intime d'August. Il suffit de savoir qu'August fit le geste et que Charlotte y consentit. Cela suffit, car l'essentiel eut lieu ailleurs. L'essentiel précéda le geste d'August, en fut la suite logique et pourtant eut lieu avant, puisqu'au mois de juillet 1986, peu après la nuit de la Saint-Jean, je découvris les hanches, les seins de Carlotta, la nuque penchée, l'odeur de la peau de Carlotta, le creux de ses aisselles, la chute de ses reins. Tout cela eut lieu entre les lignes, dans les heures non consignées par le feuilleton, car cela n'entrait pas dans l'esprit patriotique, dans la moralité, les bonnes manières. Le feuilleton n'avait eu droit jusque-là qu'à un ou deux baisers, chastes, rapides, conventionnels, dont ni moi ni Carlotta ne gardons souvenir. Ils n'en ont pas besoin d'ailleurs car, contrairement à la caresse d'August ou à mes nuits passées avec Carlotta, ces baisers, imprimés dans le *Tänapäev*, sont conservés dans des archives indestructibles, entre les portes coupe-feu de la grande bibliothèque, et seront ainsi sauvegardés encore longtemps par les hommes qui, plus encore que rester en vie, désirent laisser une trace après leur mort dans la mémoire miraculeuse, mais mouvante, des vivants.

La chasteté artificielle de Carlotta ne tenait donc qu'à la retenue d'August. Carlotta avait depuis longtemps dépassé le stade du chaste baiser. Elle faisait l'amour en estonien et en allemand, jamais en russe, le plus souvent en italien. Mais cet amour polyglotte inquiétait August, qui ne savait pas profiter des occasions. Un an plus tôt, grâce à un concours de mots croisés, il avait gagné un week-end à la mer : nuit d'hôtel, dîner aux chandelles pour deux dans un restaurant hors de prix. Il s'y rendit, mais rumina toute la soirée, car les couples installés dans la salle portaient des colliers et des montres suisses témoignant d'un luxe qu'il ne connaissait pas. Même les serveurs étaient plus élégants que lui. August se sentait pris au piège. Peut-être la faute en incombait-elle au week-end à deux et au fait qu'August n'avait trouvé personne qui eût pu remplir l'autre rôle. Il n'avait eu, avant de rencontrer Charlotte, que des aventures sans lendemain. Jamais il n'aurait osé appeler ses anciennes maîtresses pour leur proposer de les emmener à l'hôtel. Voilà pourquoi, dans le feuilleton, August se limita à nos baisers, fermant les yeux sur le reste, qui se tramait en coulisses, ou lors des heures supplémentaires.

Le reste n'existe plus que dans mes souvenirs et peut-être dans ceux de Carlotta. Vous pouvez l'interroger. Si elle nie, cela ne signifie pas que j'ai menti, mais qu'elle aimerait bien désormais nier mon existence. Face aux dénégations de Carlotta, certains diront que tout cela fut inventé et n'eut lieu que dans les fantasmes d'August, dans les désirs d'August qui, ces jours-là, dormait sur le lit destiné aux invités, Charlotte étant couchée dans la chambre voisine. August n'arrive pas à s'endormir et se lève les nuits trop chaudes de ce mois d'août, sort sans faire de bruit par la véranda pour fumer sa cigarette, regarder le ciel (il ne connaît aucune constellation) et surtout ne pas penser à ce qui le torture, la palpitation chaude et régulière qu'il a sentie dans la nuque en sueur de Charlotte, au moment où il y a posé la main. Qu'est-ce qui là-dedans est vrai ou faux ? Peut-être qu'après tout l'essentiel fut dans le geste, dans la main sur la nuque, le duvet, les cheveux, les baisers dans le parc, qui sont consignés, et que j'ai réussi à oublier.

Finissons-en. Ce soir d'août 1996, Charlotte prépara comme d'habitude le dîner ; elle trempa des feuilles de sauge dans la pâte à beignets en laissant la tige dépasser comme une queue, fit frire les beignets, les égoutta (sur une serviette blanche qui porta depuis ce jour des taches de gras indélébiles, rondes et grises). On mangea les beignets avec du thé. Était-ce vraiment ainsi, et pas autrement ? Est-il vrai qu'après avoir mangé, August suivit Charlotte dans le lit conjugal ou Charlotte August sur le lit d'appoint, derrière les vitres noires de la véranda ? Étais-je présent, ce soir-là, entre August et Charlotte, ou bien ne découvris-je les beignets et toute la suite que par la réécriture qu'en fit August ? Carlotta fit-elle aussi des souris de sauge ? C'est peu probable, car Carlotta ne cuisinait jamais. Pourtant, j'ai goûté la sauge et les beignets, la pâte crue à l'œuf, puis la pâte cuite au beurre ; j'ai senti l'odeur de sauge dans la cuisine, et le goût légèrement amer m'en est resté, goût d'une époque où le beurre n'était pas cher, et où l'on faisait frire plutôt que bouillir les pommes de terre, le poisson et les tendrons de veau.

CHAPITRE 16

Charlotte et August consommèrent donc l'adultère. À partir de là, l'essentiel est dit, du moins pour ce stade de leur histoire. Tout ce qui restait à prendre de ce mois d'août se déclina en une suite paresseuse de matinées, de longues journées étirées, languides, d'après-midi où la vie semblait s'être amollie, et d'interminables soirs d'été. Le soleil restait pendu indûment dans l'atmosphère, si bien que sa lumière constante finissait par faire bâiller les hommes du village, leur insufflant l'espoir que revienne la nuit, réveillant en eux le souvenir du sixième jour, où Dieu, ce chirurgien du cœur et des esprits, observant la longue journée et le long ennui d'Adam, à qui il avait omis de donner une femme, l'opéra dans son sommeil, puis malaxa sa côte rigide tant et si bien qu'il en tira une créature aux formes potelées, qui désormais empêcherait l'homme de s'endormir.

L'emploi du temps d'August s'était mis à bégayer : il prenait soin de Charlotte, la nuit, écrivait le feuilleton le matin, s'occupait de Mart l'après-midi, usurpant sans le vouloir le rôle d'Anna et causant donc un plaisir supplémentaire à Charlotte. Cela n'empêchait pas le feuilleton d'avancer. Au contraire, plus le temps décélérait chez Charlotte, plus il s'accélérait chez Carlotta, s'emplissant d'une avalanche d'événements, comme si August compensait, en écrivant, son absence d'activités réelles par une surenchère imaginaire.

La clef que Carlotta m'avait remise se rappelait en permanence à moi, et sa possession me plongeait dans une fièvre que la chaleur ambiante n'arrangeait pas. Je la gardais toujours sur moi, de peur que quelqu'un de la villa ne la trouve, et, surtout, de compromettre Carlotta. La situation me rendait d'autant plus nerveux que, pendant une semaine interminable, Helmut ne quitta pas la maison (comme s'il s'était douté de quelque chose, me disais-je parfois, cette idée se mettant à tourner dans mon esprit à la manière d'une vis sans fin, avec des images de plus en plus invraisemblables : Helmut entrant dans ma chambre, des instruments de torture cachés sous sa chemise, ou y dépêchant des hommes de la sûreté qui, forcément habillés de noir, en longues capes de viscose, malgré le temps, m'obligeaient à passer aux aveux). Heureusement, il y avait Carlotta, qui me rendait visite dans le bureau et me laissait la saisir par la taille ou par les hanches ; heureusement, il y avait Carlotta qui me faisait signe depuis le jardin ; heureusement, il y avait Carlotta, le soir, sous la tonnelle (une vigne dont le raisin ne mûrissait pas), feuilletant ses magazines italiens près de moi, croisant les jambes et les décroisant, m'envoyant nous chercher du vin à la cuisine, riant aux anecdotes amusantes que j'inventais à son intention et que je lui donnais pour des histoires vraies, ou encore discutant avec moi de choses et d'autres, manifestant de l'intérêt pour mon opinion, ce dont je dois sans doute lui être reconnaissant car, n'étant jamais sorti de ce pays, je devais faire l'effet d'un poisson né en aquarium, qui pense par conséquent que la mer est carrée. Mais après tout, n'en sommes-nous pas tous rendus là ?

Enfin, un matin, Helmut partit.

J'étais monté dans le petit bureau, d'où je guettais les bruits de la maison : Anna avait chaussé ses pantoufles, si bien qu'on entendait un frottement de tissu passer de la cuisine au vestibule, du vestibule à la salle à manger, puis monter les marches de l'escalier et les redescendre, accompagné cette fois de petits pas rapides. L'instant d'après, ce lent frottement fut remplacé par le clop-clop de talons en bois : Anna sortait dans le jardin avec Fritz. C'est alors qu'August exhuma de sa mémoire une vieille ruse, si éprouvée qu'elle aurait fait à tout lecteur averti l'effet d'un costume mal ajusté, élimé aux genoux, usé jusqu'à la corde. Mais nos lecteurs ne l'étaient pas ; ils souhaitaient seulement se divertir, lire leur épisode au petit déjeuner pour l'avoir oublié à midi. August m'attifa donc de ce costume, c'est-à-dire qu'il me fit descendre dans le jardin, où je rencontrai Anna et Fritz. Nous échangeâmes quelques propos sur le temps : le soleil, toujours aussi arrogant, le ciel bleu, auquel quelques nuages oblongs donnaient l'air d'un drap mal repassé. Anna émit le souhait de se réfugier à l'ombre, dans le kiosque à musique, au fond du jardin. À cet instant, Tõnis sortit, lui aussi. Il était officiellement chauffeur d'Helmut, mais en réalité, lorsque celui-ci n'était pas là, Anna l'instituait aide-cuisinier, le préposant à l'épluchage des pommes de terre. Puisqu'il n'y avait aucun invité à midi et qu'Helmut lui-même ne déjeunerait pas là, Tõnis parla de faire un saut au village. J'approuvai et suggérai que, pour ma part, je comptais bien profiter de l'occasion (pour faire quoi ? Personne ne me le demanda, et je n'eus donc pas même besoin de mentir). Anna haussa les épaules ; Tõnis nous salua, et nous nous séparâmes.

Je m'avançai sur le chemin de la mer, puis, voyant la voiture de Tõnis s'éloigner, je retournai en toute hâte vers la maison, où j'entrai par l'arrière-cuisine. Je tendis à nouveau l'oreille. Tout était silencieux. Je rejoignis ma chambre à pas de loup, pris l'escalier abrupt que je n'empruntais jamais. Parvenu en haut de l'escalier, il me fallait encore traverser le couloir. Je me trouvais devant la porte qui, lors de ma première tentative, m'avait humilié en refusant de s'ouvrir. Je tournai la clef d'une main tremblante, et me faufilai à l'intérieur.

La chambre avait l'air banale ; rien qui mette l'esprit en alerte, rien qui dénote une activité suspecte. Dois-je avouer que j'étais un peu déçu ? Depuis que Carlotta m'en avait donné la clef, je m'étais imaginé cette pièce comme le lieu de secrets inaccessibles, de dangers hors du commun, de tractations inavouées. Un lointain souvenir des *Trois mousquetaires* avait pénétré ce lieu, drapant Helmut, lui-même, l'éminence grise de Moscou, d'une aura cardinalesque. Pourtant, pas un détail suspect ne venait asseoir cette réputation : trois fenêtres, une marine peinte par un artiste du dimanche, un placard, des étagères en pin pleines de bibelots, les habituels baromètres cloués au mur, dont l'un orné d'un marin sculpté en bois. Au centre, la table de travail d'Helmut et, près de la fenêtre, son lit défait (Helmut et Carlotta faisant chambre à part). Je tâchai de réprimer ma déception en me répétant que ces détails dérisoires, qui reflétaient une vie des plus ordinaires, étaient destinés à me tromper, car si Carlotta m'avait confié la clef du bureau, c'est qu'elle soupçonnait Helmut d'y cacher quelque chose.

Je m'inquiétais du retour possible d'Helmut ; par conséquent, si vous voulez vous représenter la scène, il faut transposer cette description en un tempo plus rapide, nerveux, agité, plein de fausses alertes et de soubresauts. Je commençai mon inspection sur le qui-vive, passant la main derrière la marine, cherchant des tiroirs à double fond, traversant la pièce à quatre pattes à la recherche d'une latte de parquet descellée. Alors que je regardais sous le lit d'Helmut, un énorme bruit retentit en bas. Des pas précipités, une porte qui claque, puis de nouveau des pas semblant tourner en rond, comme s'ils étaient lancés à la recherche de quelque chose. Un sursaut de panique me traversa. Je me relevai aussitôt pour courir à la porte. Comment me sortir de là ? Me précipiter hors de la pièce, rejoindre mon bureau à la volée ? Celui qui s'agitait dans la maison semblait tout disposé à ne pas me laisser fuir. Les pas résonnèrent dans le hall. Sur la pointe des pieds, je courus à la fenêtre, et, caché par le rideau, regardai en bas. Sauter ? On m'attendait sûrement dans le jardin. Me cacher ? Mon regard balaya la chambre. L'armoire, le lit, des rideaux transparents : pas un seul endroit approprié. On s'élançait déjà dans l'escalier. Je cherchai quelque chose pour me défendre, saisis un livre, le reposai, fouillai d'une main l'étagère de gauche, tandis que mon regard était rivé à la porte. Les pas atteignaient le haut des marches. Je me collai dans l'angle. Il s'approchait ; on cogna à la porte. Pris de panique, je reculai, et heurtai le bureau d'Helmut. Quelque chose tomba avec un bruit mat. Je m'immobilisai. Contre toute attente, les pas s'éloignèrent, se dirigeant dans l'autre direction, le long du couloir. On montait me chercher au second. Je m'accroupis pour ramasser l'objet qui était tombé, et découvris un carnet noir, qui s'était ouvert sur une page quadrillée. Trois colonnes, dont la première contenait des noms de lieux, la seconde, une liste de patronymes, la troisième, une série de chiffres. Mon regard parcourut la page, je fermai le carnet, le glissai à sa place, dissimulé par le sous-main. Soudain, j'entendis d'autres bruits ; on courait en bas, et on criait. Les pas revenaient vers moi. Le cœur battant, je me redressai pour faire face. Quelque chose tomba dans le couloir ; je me précipitai hors de la chambre.

Je me jetai sur Fritz, qui était agité de convulsions, la tête en arrière, les yeux révulsés. Je le saisis de toutes mes forces, le maintins au sol malgré les soubresauts du corps, se contractant avec une telle violence que je faillis basculer au bas de l'escalier. Je tâchais d'entourer Fritz de mes bras, il se débattait, le torse se dérobait, je l'attrapais par les mains, par les genoux, le lâchais, l'attrapais de nouveau ; je finis ainsi par l'immobiliser. Anna et Carlotta arrivaient, hors d'haleine, suivies d'une femme inconnue, livide, et tremblant presque autant que Fritz. Anna s'agenouilla près de moi, appliqua une serviette froide sur le front de Fritz, posa ses deux mains sur les tempes, chuchotant quelque chose qu'on n'entendait pas. La clef était tombée devant moi. Carlotta la ramassa, de l'air le plus naturel du monde. Je jubilais ; un immense soulagement m'envahissait.

CHAPITRE 17

Après les jours d'amour et les nuits adultères, après la passion et les rebondissements, il nous faut évoquer le dénouement inévitable, quand bien même celui-ci ne serait pas du goût d'August, ni de Charlotte, qui aimait les fins heureuses.

D'un seul coup, comme cela ne se produit que dans le Nord, la température chuta brutalement, perdant en une semaine une quinzaine de degrés. Le vent se mit à souffler de la mer, les après-midi, jusque-là éternels, se tassèrent en une poignée d'heures, les nuits devinrent sombres et pleines d'étoiles filantes qui semblaient s'écraser dans la forêt. Un matin, en arrivant à la maison, Anna tourna la page des calendriers, nous faisant passer de l'été à l'automne. Septembre était arrivé. August travaillait toujours au même endroit, à la petite table de la véranda, au-dessus de laquelle s'étendait désormais, rappelant une toile d'araignée géante, un lacis de vieilles cordes à linge où Charlotte accrochait ses plantes, la tête en bas. L'odeur des plantes mises à sécher, soucis aux corolles de soleils éteints, bourrache conservant quelques traces de ses fleurs bleues, menthe-coq, mélisse, estragon, imprégnait la pièce, les cheveux d'August, et jusqu'aux colonnes du feuilleton quotidien. C'est là, au milieu d'une flore à demi morte, qu'August, à la fin d'une matinée, entendit se produire l'inévitable : des roues écrasant le gravier de la cour, une portière de voiture qui claque, et des pas énergiques s'approchant de la maison. Eerik était revenu chez lui.

August inspira profondément. Il savait qu'Eerik devait revenir, mais il avait relégué cette certitude au lointain de son cerveau. Il n'était pas prêt à l'affronter. Quand le gravier dérapa sous les roues d'Eerik, il sentit une onde électrique lui remonter le long du dos. Passant en revue les attitudes possibles, de la morgue héroïque au sourire hypocrite, il ne parvint à en choisir aucune. Il se leva tout de même, bien décidé à affronter l'ennemi.

Bien sûr, tout se passa sans heurts, selon la loi rebattue de la vie, où les grands événements avancent rarement de front, mais se produisent plutôt à retardement, allant, pour ainsi dire, à reculons, cachés derrière des gestes et des mots ordinaires. C'était justement l'heure du déjeuner. L'amant et le mari se rencontrèrent sur le seuil de la cuisine, et se serrèrent la main. Celle d'August était peut-être un peu moite, mais on pouvait l'attribuer aux circonstances, puisqu'il avait passé la matinée à écrire. Charlotte avait déjà salué Eerik, puis était retournée vers ses casseroles. Mais il fallait bien passer à table. Tout le monde plaça alors ses espoirs sur Mart qui, avec la candeur intéressée des enfants, harcelait son père pour savoir s'il lui avait apporté quelque chose. Eerik, lui, paraissait à l'aise, arborant même un petit sourire en coin qui semblait signifier qu'il n'était pas dupe, mais prenait la situation avec du recul, nanti de l'expérience de l'homme plus âgé qui sait bien comment tout va se terminer. Il risqua quelques remarques sur la présence d'August, parlant de résidence littéraire et de partage des droits d'auteur. August, en revanche, était mal à l'aise. Il ne trouva pas de meilleure réaction que de jouer les beaux ténébreux, répondant aux taquineries de son rival par des sourires mystérieux et un air songeur qui, pensait-il, le plaçaient sur un autre plan qu'Eerik, les sauvant ainsi, Charlotte et lui, du vaudeville qui les guettait. Mais au contact des plaisanteries d'Eerik, ses mines mystérieuses devenaient ridicules, aussi sûrement que l'infusion de mauve vire du violet au vert au contact du citron. August ne s'en apercevait pas, mais Charlotte, s'en apercevant pour deux, rougissait au bout de la table. À la fin du repas, Eerik sortit des cigares. August se crut obligé d'en accepter un. Ils enfumèrent la cuisine au lieu de se battre ou de s'injurier, ce qui aurait paru préférable à August — mais n'étant pas l'offensé, le choix des armes ne lui revenait pas. On peut penser que, pendant tout ce temps, Charlotte observait, qu'elle comparait et prenait sa décision, si bien que quand, après le repas, August l'accompagna dans le jardin, l'essentiel était déjà joué.

Eerik déballa les cadeaux de Mart, puis monta faire la sieste dans sa chambre, tandis qu'August suivait Charlotte, sous prétexte de l'aider à cueillir les poires. Ils étaient loin, tout au fond du jardin, c'est pourquoi, cette fois encore, personne, pas même moi, ne les entendit. De la cour, on pouvait néanmoins les voir — August monté au sommet de l'échelle, passant les poires à Charlotte, en bas ; puis August et Charlotte, au pied de l'échelle, August gesticulant comme une ombre chinoise. Tout cela dura une demi-heure. Autant les préliminaires avaient été longs et August lent à se déclarer, autant ses adieux à Charlotte furent brefs, pour ne pas dire précipités. Charlotte resta seule dans le jardin. Elle accrocha son panier à une branche et se mit à le remplir. Quant à August, il se dirigea vers la maison. Il se rendit tout droit à la véranda, jeta ses affaires dans la valise, puis, valise au bras, ressortit dans la cour. Il fit un geste de la main en direction d'Anna, qui, occupée à étendre le linge, le regarda partir les yeux écarquillés ; puis il courut presque vers le portail, lançant un dernier regard aux pinces à linge, perchées sur la corde en fil de fer comme des papillons bleus aux ailes repliées.

Le voilà s'éloignant à pied vers le village, par la route où la poussière s'élevait toujours, où les fougères, profitant de la chaleur estivale, avaient eu le temps de se remplumer et ressemblaient maintenant, avec leurs crosses vert clair, enroulées sur elles-mêmes et dentelées, à des plantes carnivores à l'affût des passants imprudents. August dut attendre le bus pendant deux heures, assis sur un banc de bois rudimentaire, derrière le mur ouest du cimetière communal. Ensuite il prit place à une fenêtre, se retourna de trois quarts vers la vitre, ignorant sa voisine qui haletait et s'agrippait comme à un trésor au panier de myrtilles qu'elle gardait sur ses genoux et dont le contenu commençait à fermenter. Tout au long du trajet vers Tallinn, August regarda défiler le paysage, un paysage qu'il commençait à bien connaître mais qui se révélait sous un jour nouveau, maintenant que la saison de l'amour était passée et qu'August se sentait soudain vide, le bout des doigts glacé, la tête brûlante, le cerveau envahi par un ronronnement pénible, des pensées éparses le traversant comme si la grippe s'était abattue sur lui. Il vit passer les papiers gras qui fleurissaient les sous-bois, les polochons de plastique crevés, mais encore noués par les anses, pleins de déchets en décomposition, de grandes plaques blanches de polystyrène qui luisent comme des monolithes dans le noir, des boîtes de conserve éventrées et rouillées et des prospectus en couleur des grandes surfaces vantant des pommes d'Afrique du Sud. L'été avait bien fait son travail ; il avait déversé au bord des routes, à l'occasion des voyages à la mer, toutes les scories produites durant les beaux jours. L'automne étant là désormais, on organiserait des campagnes de nettoyage et les cars scolaires viendraient dans les bois pour une cueillette de champignons un peu spéciale. Certains en profiteraient pour vider leurs poubelles, car les services des éboueurs, trop élevés, étaient à la charge des locataires, mais puisque tout serait ramassé le lendemain par leurs enfants, pourquoi ne pas en profiter ?

De même que les boîtes en plastique et les papiers, l'été rejetait August, mettant fin à son idylle, le renvoyant chez lui et Charlotte à ses fonctions, car Charlotte devait retourner en ville pour y remplir son rôle d'épouse de directeur, Eerik devait arrêter pour cette saison de chasser les secrétaires.

Que s'était-il passé entre August et Charlotte ? Tout ce que je peux vous dire, pour le moment, moi qui les observais à distance, c'est qu'August rejoua la scène de l'enlèvement, du départ définitif, de la nouvelle vie, bref proposa à Charlotte de quitter Eerik, mais que Charlotte refusa de se laisser enlever. August n'eut donc plus qu'à s'enfuir seul, prendre seul la route poussiéreuse et carnivore, faire seul le long trajet jusqu'à la ville, entrer seul à Tallinn où crachotait la pluie, et où, vidé de toute volonté, n'ayant pas la force de monter dans le tram, ni d'acheter un ticket au conducteur, il marcha jusqu'à l'appartement. Trempé, il se coucha sur le lit, où les draps, conservant le moulage de son corps, formèrent un saint suaire que personne n'expertiserait.

CHAPITRE 18

De retour dans notre deux-pièces, August s'y terra la première semaine, sans changer de vêtements, si bien qu'une odeur d'humidité persistante se répandit du salon à la cuisine avant que ses affaires aient eu le temps de sécher, et que le lit, où il restait vautré le plus clair de son temps, se recouvrit d'une mince pellicule d'eau, entretenue par des suées nocturnes et propice à la culture des champignons. La saison s'accordait aux humeurs d'August, par une pluie fine et continue qui faisait pousser dans les parcs municipaux les trompettes orange des chanterelles et les éponges torturées des gyromitres gris. Sur les boulevards de Tallinn comme dans le jardin de Charlotte, l'automne déployait des efforts pointillistes pour donner à chaque feuille une nuance singulière, la détacher des autres, la faire apparaître enfin, différente, unique, avant que l'hiver ne rassemble tout, ne ramasse d'un coup de vent les feuillages dispersés pour les réduire à des tas de rouille et de brun.

August ne voyait rien de tout cela. Il ne regardait qu'à l'intérieur de lui, où régnaient à tour de rôle l'accablement, le dégoût de soi, l'humiliation. Je l'observais, allongé sur le lit, les jambes recroquevillées en direction du mur et m'inquiétais de la tournure prise par les événements. Il semblait résolu à ne plus abandonner cette position. Le lendemain de son retour, il y eut un fait digne d'être consigné : dans un accès de désespoir ou d'exaspération, August se mit debout, balaya du regard son bureau couvert de papiers, puis d'un grand geste fit valser les documents, les crayons, les tasses à café oubliés là depuis l'été et dont le fond demeurerait marron pour toujours, les exemplaires du *Tänapäev* empilés dans l'ordre, et même l'encombrante machine à écrire. Dans son élan, il ouvrit une boîte de thon, la vida, but le jus qui y restait. L'élan s'arrêta là. August déserta sa chambre ravagée, s'écroula sur le canapé du salon, occupant sans vergogne mon territoire, et y resta, prostré, aussi immobile qu'avant. Les quatre jours suivants, personne ne s'inquiéta de ce qu'il devenait. Le téléphone sonna deux ou trois fois, mais August se dispensa de décrocher, si tant est qu'il l'ait entendu. Peut-être que s'il n'y avait eu Carlotta et moi, les soupçons pesant encore sur Helmut, la santé préoccupante de Fritz, le feuilleton salvateur qui appelait sa suite, on aurait retrouvé August sur ce canapé, recroquevillé, dur comme une ammonite, ses sentiments sédimentés en lui.

Le feuilleton le réclamait : le sixième jour, on sonna à la porte. C'était l'adjoint au rédacteur en chef. N'ayant pas reçu l'épisode du lendemain, la rédaction commençait à s'agiter et l'envoyait aux nouvelles chez August. Celui-ci écouta, abasourdi, comme si rien de tout cela ne le concernait. Il ne répondit pas aux questions qu'on lui posait, hochant la tête, le regard vague. L'adjoint employa les grands moyens. Il traîna August jusqu'au bistrot de la rue Vikerkaar, lui commanda un sandwich et une bière, puis une autre bière et une vodka. August refusa de s'expliquer. Durant ce repas pris sur le pouce, il resta renfermé, taciturne, mais à force de questions, de cajoleries, d'admonestations et de menaces, on finit par obtenir ce qu'on voulait, c'est-à-dire qu'il se remette au travail. Le feuilleton fut interrompu pendant deux jours. Le mardi, aidé de petits verres et de cafés, August recommença à écrire, tant bien que mal, et put livrer l'épisode du 11 septembre.

À compter de ce jour, le feuilleton vivota. Il ne nous arrivait plus rien de palpitant, le peu d'événements qui se produisaient étant tout de guingois, mal peignés, mal fagotés. Nous, les acteurs de ces événements, dûmes déployer une énergie considérable pour avoir l'air d'y croire un tant soit peu.

La moindre allusion sentimentale exaspérait August, si bien que Carlotta se montrait distante. Elle s'enfermait dans sa chambre pendant des heures, quittait la villa sur un coup de tête et ne revenait que tard le soir, quand nous avions depuis longtemps fini de dîner. Quant à moi, je devenais un dissident à temps plein car je ne pensais plus qu'au carnet noir d'Helmut. Ayant mémorisé une partie des noms, je remâchais ma découverte pour essayer d'en saisir le sens. Que se passait-il à Võru et Viljandi ? Qui était ce P. Seljanov dont le nom figurait en face de Sillamäe ? Que signifiaient les chiffres que j'avais relevés ? Diverses hypothèses me traversaient l'esprit, histoires de pots-de-vin et de corruption, auxquelles je cherchais un sens politique. Un soir, où, m'étant attardé à mon bureau, je redescendais plus tard que de coutume, je vis Helmut introduire un homme dans sa chambre. Son visage me parut familier. Toute la nuit, je m'agitai dans mes draps, mal à l'aise, ayant trop chaud, puis trop froid ; j'ouvris la fenêtre, la refermai, exaspéré par les moustiques qui venaient susurrer à côté de mon oreille, mais se taisaient dès que j'essayais de les écraser. Je brutalisai mon oreiller qui refusait de prendre une forme convenable, et lorsque je finis par m'endormir, je fus la proie de rêves étranges : je me trouvais de nouveau dans le bureau d'Helmut, entendais des hommes monter l'escalier, cherchais frénétiquement une cachette, tout en sachant qu'il n'y en avait pas. La porte s'ouvrait, l'inconnu entrait dans la pièce et tendait une chaussure noire vers moi. Mais je lui adressais un rire moqueur et m'échappais en me coulant comme un fantôme dans la marine. Je me réveillai mal à l'aise, en nage, la gorge sèche, la tête bourdonnante. Je restai assis, à demi ensommeillé, sans parvenir à oublier mon rêve, qui déposait sur la réalité un calque invisible mais persistant à travers lequel ma chambre et ma vie elle-même me semblaient lointaines. Je remuai les poignets puis les orteils, réapprenant à m'orienter parmi les signes de la vie ordinaire : odeurs d'œufs, d'huile, de café moulu, cliquetis des couverts venant de la cuisine. Soudain, alors que mon rêve s'estompait, je reconnus l'homme aperçu la veille au soir. J'avais vu ce visage à une réunion des Historiens. Je me laissai ramener à l'automne, à la lumière humide du petit amphithéâtre, presque vide, après l'heure des cours. Marek L. prenait la parole, et dans l'assistance se trouvait l'inconnu. Je n'en savais guère plus sur lui. Et puis, je compris : Helmut payait des informateurs chargés d'infiltrer les cercles dissidents. J'en fis enfin le personnage qu'il était réellement. Tout, dans la journée, fut dominé par une sensation de fièvre, à commencer par le café noir du matin, la démarche trop résolue de Tõnis, les jeux de Fritz, le vent qui, soufflant du nord, rabattait les marguerites à terre. J'arrivais à peine à retrouver mon calme, me concentrais un instant sur mon travail, puis je songeais à ce que je devrais faire, cherchais un moyen d'en apprendre davantage et de transmettre mes découvertes aux Historiens.

August se refusa cette fois encore à aller dans mon sens. Il se mit à contrecarrer mes plans, en dirigeant l'intrigue dans une autre direction. Carlotta partit pour la ville et fut absente une bonne dizaine de jours, pendant lesquels je crus mourir d'ennui en écoutant Helmut décrire ses boutons. C'est à cette époque de stagnation que je pris l'habitude de retoucher les travaux d'August, écrits dans une langue incompréhensible, sans syntaxe, ni orthographe, avec des épisodes sans queue ni tête où August confondait les noms des personnages. Bien entendu, il ne se rendait compte de rien. Il gribouillait sa copie, la déposait, puis relisait l'épisode une fois paru, bien plus par routine que par intérêt, sans rien remarquer des changements intervenus.

Fin septembre, c'était déjà l'hiver. L'appartement redevint glacial, car August n'avait pas remplacé les fenêtres. Je ressortis du placard les grosses chaussettes en laine et, faute de matériel, calfeutrai tant bien que mal le bord des vitres à l'aide de vieux coton hydrophile, trouvé dans un placard de la salle de bains. Le coton pendait par endroits, cloué sur le bois en longues bandes blanchâtres. August, un peu requinqué (ou disons qu'en lui, l'abattement du début avait peu à peu laissé place à la colère, comme il en va ordinairement dans les ruptures sentimentales), se remit à travailler plus sérieusement. Puisque l'été s'achevait, il se décida, lui aussi, à en finir.

Le dénouement commença sur la pointe des pieds, avec le crachin qui embourbe les jardins, l'humeur maussade de Fritz enfermé dans la maison, l'imperméable vert clair de Carlotta qui se faufile là-bas parmi les pommiers. Puis les pommes se mirent à pourrir, à tomber, marron et grêlées de petites pustules blanches. Une plante étrange apparut à la villa, sorte d'hybride d'artichaut et de cardère, aux feuilles velues et aux tiges couvertes d'épines, qui atteignit rapidement la hauteur d'un être humain. Cette espèce de crocodile végétal venait des déboires d'August : il avait poussé rue Kalasadama, sur le bord de l'escalier extérieur, à côté de la porte principale. August, au lieu de l'arracher, essayait de s'en tenir aussi loin que possible, y voyant encore un signe du destin. Il passait désormais par la porte de derrière, qui nous faisait accéder au sous-sol, et il devait donc, chaque fois qu'il revenait à la maison, monter par l'étroit escalier de la cave pour rejoindre le rez-de-chaussée. Les phobies d'August contaminèrent Helmut. Un soir, en revenant d'une chasse aux boutons, il glissa et tomba dans la gueule du crocodile. Il s'en extirpa couvert de griffures, et chose inédite, s'en prit à Carlotta qui, dans son amour des plantes extravagantes, par souvenir peut-être des palmiers d'Italie, avait interdit de le faire arracher. Helmut eut, ce soir-là, une crise de colère. Décrétant que les vacances avaient assez duré, il se mit à critiquer la cuisine d'Anna, se fâcha contre Fritz qui jouait dans le salon, et, enfin, se retourna vers moi, laissant entendre qu'il était temps que je débarrasse le plancher. Tõnis, son chauffeur, irait en ville le lendemain. Cette invitation à profiter de la voiture sonnait comme un licenciement. Dans le feuilleton, tout cela était mis en scène. Helmut commençait à avoir des doutes : peut-être n'étais-je pas vraiment innocent ? En fait, si soupçons et stratégie il y eut, il est probable qu'ils furent le fait de Carlotta que notre cohabitation avait fini par lasser et qui voulait simplement se délester de moi. Mais là encore, elle sut mener les choses à son gré pour que ce fût Helmut qui me pousse à partir, et qu'elle-même ne fût tenue responsable de rien.

Ce soir-là, Carlotta se montra parfaite. Elle m'accueillit au bas de l'escalier, l'air navré, les yeux rougis ; puis elle me prit les mains, me laissa l'embrasser, l'étreindre, me fit comprendre qu'une page venait de se tourner, qu'elle me disait adieu pour toujours, car elle était après tout la femme d'Helmut, qu'elle garderait toujours cet été en mémoire, etc. Puis elle retira ses mains, sourit tendrement, et regagna sa chambre. Quant à moi, après avoir empilé mes affaires dans la valise, je m'allongeai tout habillé sur le lit, résolu à attendre le matin de cette manière, dans une apathie consternée, devinant que le sommeil ne viendrait pas. Vers le milieu de la nuit — alors que la maison était silencieuse, le jardin noir, le rosier grimpant planté devant ma chambre toquant de ses épines contre la vitre —, un espoir inspiré par August me traversa soudain l'esprit. Je me levai et entrouvris la porte. De la cuisine au grenier, tout le monde semblait dormir. Je rejoignis la chambre de Carlotta, le cœur battant, l'oreille aux aguets. Dans quel but, exactement ? August laissait cette question en suspens. La supplier de partir avec moi, lui glisser mon adresse, lui dire adieu une seconde fois ? Cela n'était pas développé par le feuilleton car, de toute évidence, ce qui comptait, c'était ce qui allait se produire.

Arrivé devant la chambre, je grattai à la porte puis y collai mon oreille. J'eus une montée d'adrénaline en songeant qu'Helmut pourrait être là. Mais le désir de voir Carlotta était plus fort ; ce désir que m'insufflait August avait, je m'en rendais compte, hélas, quelque chose d'infantile ; il rappelait à bien des égards l'obstination d'un petit garçon décidé à obtenir un bonbon ou un jouet. J'entrouvris donc la porte, jetai un œil à l'intérieur, mais ne vis rien, car la pièce était plongée dans le noir. Je me dirigeai prudemment vers le lit, m'imaginant réveiller Carlotta par un baiser ou, encore mieux, lui parlant sans l'éveiller, et obtenant d'une Carlotta ensommeillée des aveux qu'elle n'aurait jamais faits en plein jour. Mon scénario fut renversé à la seconde suivante : Carlotta ne se trouvait pas dans son lit. Où pouvait-elle donc être, à cette heure de la nuit, sinon dans la chambre de son époux ? L'idée de la savoir dans le lit d'Helmut me désespérait. J'étais habité, plus encore qu'auparavant, par le désir imbécile de la soustraire à son mari. Je décidai de lui écrire un message, tirai mon calepin de la poche et, à la lueur de mon briquet, concoctai une mixture poétique inspirée de Goethe et de Virgile, puis, ce plagiat indigeste réalisé, je laissai le briquet s'éteindre, soulevai d'une main le matelas de Carlotta pour glisser mon papier dessous. Ma main rencontra quelque chose de dur. Je retirai de sous le matelas une épaisse liasse de feuilles. J'actionnai de nouveau le briquet.

L'évidence s'imposait : ces feuillets ne constituaient ni un journal intime, ni un recueil de poèmes sentimentaux. Il s'agissait de pages en cyrillique, dactylographiées, présentant la typographie monotone des rapports de la police intérieure. La découverte me rendait perplexe. J'hésitais à remettre les feuilles à leur place, mais quelque chose me disait qu'il était trop tard, et qu'à cause de l'obstination d'August, j'en savais déjà trop. Je survolai la première page : les documents évoquaient un projet industriel et portaient la mention du ministère de l'Intérieur. Mon intuition se confirmait. Mais pourquoi les avoir laissés ici, à un endroit aussi incongru ? Mes mains se mirent à trembler, à la fois de peur et d'excitation. Je venais enfin de comprendre. Les documents les plus confidentiels ne pouvaient être dissimulés dans le bureau d'Helmut. Je feuilletai la liasse : je survolai les colonnes de chiffres, rencontrai les noms de Kabala et Rakvere, remarquai une expertise sur la production d'engrais chimiques, des cartes géologiques, plusieurs schémas de nappes phréatiques, des formules et des séries d'équations. Je dus rallumer le briquet à plusieurs reprises. Un rapport plus explicite m'éclaira enfin. L'ensemble des papiers se référait à un programme d'extraction du phosphore, dans le nord-ouest de l'Estonie. On y évoquait les infrastructures à construire, les rapports d'experts sur l'environnement et les prévisions sur la main-d'œuvre nécessaire, environ 10 000 ouvriers. Je notai le chiffre, qui me parut énorme. Un bruit se fit entendre dans le couloir ; je remis en hâte les feuilles à leur place, et regardai autour de moi pour m'assurer que je ne laissais aucune trace.

August me fit enfin rejoindre ma chambre (de quelle manière exactement ? n'étant pas exposé au danger, il se moquait de connaître les détails de ce retour, contrairement à moi, dans l'escalier, moi qui avais de solides raisons de trembler à l'idée d'être découvert). De fait, je tremblai jusqu'au moment où j'entrai dans ma chambre. Comme les enfants qui refusent de se coucher avant qu'on ait vérifié s'il n'y a pas de monstre sous leur lit, j'eus encore besoin de m'assurer que personne n'était dissimulé dans la penderie, ni derrière le rideau bleu. Je m'assis et griffonnai sur mon calepin les données que j'avais retenues. Ensuite, je m'allongeai et passai la nuit dans un demi-sommeil. Le matin, épuisé, avec des cernes coupables sous les yeux, je n'eus pas la force de passer par le salon. Je portai mes valises dans la voiture et attendis que Tõnis me rejoigne. Nous quittâmes la villa à huit heures trente.

Moi qui connaissais à peine Tõnis, nos échanges s'étant limités à des saluts distants, je découvris, ce matin-là, sa vraie nature, celle d'un bavard invétéré. Tõnis parlait en conduisant, parlait en dépassant les poids-lourds, parlait dans les tronçons où l'on refaisait l'asphalte, parlait pendant la pause au kiosque à chachliks, une baraque improvisée au bord de la route où l'on nous servit du café froid, tandis que les camions nous dépassaient à leur tour, nous crachant leur fumée à la figure. J'étais inquiet et ne l'écoutais que d'une oreille. Moi qui ne fumais jamais, j'acceptai ce jour-là les cigarettes extrafortes de Tõnis, de sorte que nous emplîmes la voiture d'un nuage de goudron si épais que si August avait, en écrivant, un tant soit peu respecté les lois de la biologie, aucun de nous n'aurait dû respirer. Je fumais, regardais par la fenêtre, acquiesçais machinalement aux propos de Tõnis, tout en songeant aux éléments notés la veille. Je ne pouvais me défaire du sentiment d'avoir fait là une découverte importante. Le chiffre de 10 000 ouvriers me revenait à l'esprit, le phosphore n'évoquant malheureusement pour moi que de lointains cours de physique sur la radioactivité et les matières luminescentes. Je ne devins attentif à ce que disait Tõnis que lorsqu'il prononça le nom d'Helmut. À l'en croire, celui-ci passait son temps à sillonner le pays d'est en ouest, ayant des rendez-vous d'affaires partout. Tõnis ajoutait en riant que, où qu'il allât, des femmes l'attendaient, toutes sortes de femmes, et pas toujours du meilleur genre. Carlotta, disait-il, avait de quoi s'inquiéter. Je l'encourageai à parler, mais n'en tirai rien d'intéressant.

Tõnis habitait à Kopli, non loin du quartier d'Egon, et j'avais dans ma poche le carnet sur lequel j'avais consigné mes notes. Il me sembla évident qu'Egon saurait en comprendre l'enjeu. Tõnis accepterait-il de me rendre un service ? Sans marquer la moindre surprise, il fut d'accord pour déposer un courrier dans la boîte d'Egon K. À l'aide de deux feuilles de mon carnet, je bricolai une enveloppe, pliai en quatre celles où figuraient les informations, et les glissai à l'intérieur. Tõnis me laissa à la gare de la Baltique. Nous convînmes de nous retrouver, un soir, pour évoquer l'été à la villa. J'attrapai ma valise dans le coffre, et rejoignis la station du tram n° 3.

Je résume ce qui se passa : Tõnis arrive dans le quartier de Kopli, il ne trouve pas de suite l'immeuble d'Egon, car dans cette zone, les rues et les numéros d'immeubles sont disposés dans un ordre défiant toute logique, les impairs non pas en face, mais dans la continuité des pairs, les rues n'étant pas linéaires, mais se poursuivant à angle droit. Il fallut un peu de temps à Tõnis pour s'orienter selon cette organisation absurde, œuvre d'un urbaniste fou ou fruit d'un décret du comité central visant à égarer les espions de l'Ouest. Tõnis déposa l'enveloppe dans la boîte, puis rentra chez lui sans se poser plus de questions. Un hasard qui se nommait August fit qu'à cet instant, précisément, Egon revenait du kiosque à cigarettes. Avant de monter, il ouvrit sa boîte, où il trouva mon enveloppe. Au même moment, j'arrivais rue Kalasadama. J'abandonnai ma valise dans un coin et m'étonnai d'être heureux de retrouver ces lieux. Mais un arrière-fond de dépit, de honte, et surtout d'une inquiétude mal définie persistait, me gâchant le plaisir de ce retour. Pour l'évacuer, je décidai de me faire un café turc. Dans la débâcle habituelle d'August, il restait dans la cuisine un paquet de café en grains. J'en versai une poignée dans le moulin électrique, puis appuyai sur le couvercle. Un bruit infernal se déclencha et ma bêtise me sauta aux yeux. Je devais retourner immédiatement chez Egon que mon geste irréfléchi mettait en danger. S'il n'était pas déjà trop tard, je trouverais un moyen plus sûr de transmettre ce que je savais à mes amis. J'abandonnai le café à moitié moulu, attrapai mon trousseau de clefs sur la table, et me précipitai hors de l'appartement.

Maintenant que Tõnis a déposé les feuilles, qu'Egon K. les

a réceptionnées et que l'illumination évoquée s'est produite, m'expédiant aussi sec vers l'immeuble d'Egon, ouvrons une parenthèse, celle de la version d'August, de la première version du dénouement. La voici dans ses grandes lignes : j'arrive dans la rue Hertzen, près de l'immeuble d'Egon. Pas de voiture suspecte, ni d'homme en faction mais, au centre de la pelouse défraîchie, des enfants russes en train de jouer, les plus grands suspendus aux arceaux bleus, jaunes, verts, les petits accroupis dans le bac à sable, au milieu de mégots et de crottes de chien. Un regard aux fenêtres qui m'observent d'un œil vide ; je me faufile dans le hall gris aux murs nus, espérant que personne ne m'aura remarqué. À l'aide d'une clef de mon trousseau, je trafique la boîte aux lettres 53, dont la serrure est déjà cassée, comme celle de la plupart des boîtes. Bien entendu, il n'y a plus rien dedans.

Diverses hypothèses me traversent l'esprit : les hommes de la police sont passés par là et m'attendent dans un angle de l'escalier ; Tõnis n'a pas déposé l'enveloppe, ou bien, dans le meilleur des cas, Egon l'a réceptionnée. Les bruits de l'immeuble m'assiègent — éclats de voix aigus ou graves, robinets qu'on ouvre puis qu'on referme, tintement de couverts ou de casseroles —, dangereux et menaçants. Je crois entendre des pas descendre vers moi, et je cours me réfugier dans l'entrée de la cave, sous le coude de l'escalier. Une odeur familière de vieux objets humides, de pommes de terre ridées aux longs germes bleus, de rouille, d'eau croupie m'y accueille et me rassure. Cette cave, où les habitants ont laissé leur parfum, est dans l'immeuble neuf mais déjà défraîchi, aux odeurs indéfinies de béton et de peinture, une anomalie non prévue par le système, un petit refuge d'humanité, une tombe où tout s'apaise et s'achève. Envahi par le désir d'y rester et d'attendre là que les choses se résolvent d'elles-mêmes, je prends une profonde inspiration. Mais August, ignorant l'odeur de la cave, qui ne lui rappellerait qu'une enfance détestée, pleine de fragrances provinciales, éveille en moi un sursaut d'héroïsme comme il les aime. J'ai soudain besoin d'agir, et je sais ce que je dois faire : je grimpe l'escalier quatre à quatre. La cage résonne de bas en haut, comme si je portais des bottes. J'arrive, essoufflé, devant la porte d'Egon. J'appuie d'un coup sec sur la sonnette. Elle retentit comme une alarme. Pendant un instant, il ne se passe rien, puis des bruits de pas se font entendre de l'autre côté.

Je m'arrête pour faire une pause. L'odeur de l'entrée me submerge une nouvelle fois : le plâtre anonyme des appartements, les tuyauteries sans cesse bouchées, l'huile de cuisson, les nouilles premier prix, l'odeur, étrangement forte, de la sueur d'Egon, et au milieu de tout cela, inattendu, fatal, le parfum de verveine de Carlotta. Encore aujourd'hui, malgré les années, le souvenir de ces odeurs mal assorties me rend à la fois nerveux et nostalgique. J'aimerais m'arrêter au seuil de ces odeurs, m'y baigner, m'en pénétrer, et ne plus sortir de cet instant, où tout est encore en suspens, où la fin n'est pas encore écrite et offre l'illusion de pouvoir être évitée. J'inspire, remplis mes poumons une dernière fois, juste avant le dénouement inévitable de cet instant trop bref, qui veut finir, de l'instant délicieux, toujours trop court, que je tente coûte que coûte de prolonger, en rembobinant le fil de cette histoire, en reprenant l'ensemble, en radotant, en me remémorant encore une fois les robes à fines bretelles de Carlotta, ses sandalettes bleues aux semelles translucides, le sable, les pommiers, les graviers de la cour, le linge qui sèche, éclatant et bariolé, claquant au vent comme un pavillon de guerre. Les robes de Carlotta, les sandalettes, la limonade pétillante, dont les bulles cherchent à s'échapper à la manière de l'esprit malicieux d'une lampe magique, qui nous fait des promesses de charlatan sur le dévouement et l'amour éternels, auxquelles on s'empresse de croire, pendant un mois, l'effluve de l'été comme un sachet de bonbons, plus douceâtre encore par temps de pluie, ne sont peut-être là que pour le différer, cet instant qui aspire à passer. Un pas en avant vers la porte d'Egon, dans le parfum intime de Carlotta, et la fin se met à se dérouler, aussi impossible qu'inévitable, comme le mouvement de chute des dominos qu'on vient de heurter du bout des doigts. Cette fin, je répugne à l'évoquer, car, d'un geste, sans aucun égard pour moi, elle balaie l'illusion de notre amour, un amour certes boiteux, asymétrique, nourri du plaisir trouble de la soumission, mais qui, jusqu'à ce moment, existe malgré tout.

Que s'était-il passé dans l'appartement ? Mes suppositions restaient sans réponse car je ne pouvais voir Egon depuis la porte ; à sa place apparut Carlotta, qui m'intima d'un simple mouvement du corps l'ordre de reculer sur le palier. Elle sortit, m'adressant un rictus, où s'affichaient son dédain et la joie d'une revanche facile. Nous descendîmes l'escalier côte à côte ; dans la rue, elle tourna à gauche, m'indiquant la direction à prendre. Nous avancions le long de la rue Mustamäe comme un couple d'amoureux en promenade, et pendant toute cette marche, Carlotta parla. Elle m'invita d'un ton comminatoire à oublier cette histoire de phosphore, à ne pas chercher à en savoir plus, ni à entreprendre quoi que ce soit contre elle. Elle s'amusa encore à déblayer mes rêves d'amant : je n'avais jamais été pour elle qu'un jouet, une souris de laboratoire, un sujet d'observation divertissant. Alors que nous arrivions sur l'avenue de Pärnu, la nouvelle Carlotta, froide, dédaigneuse, condescendante, finissait de piétiner mes illusions. Nous nous trouvions devant l'hôtel Reval, dont les fenêtres à armature de fer renvoyaient sur nous, par centaines, leur implacable lumière. Elle me remercia ironiquement de l'avoir accompagnée jusque chez elle et disparut dans le grand hall.

Je restais là, impuissant, humilié, en colère, autant contre moi-même que contre Carlotta, ces deux colères distinctes se mélangeant, se vidant, se remplissant à tour de rôle, selon le système des vases communicants. Mais, songeant que Carlotta m'observait peut-être, je tâchai d'adopter une attitude indifférente et continuai à avancer lentement en direction de la vieille ville. Au demeurant, la droite/la gauche, le haut/le bas, le centre et la périphérie n'avaient à cet instant aucun sens pour moi, et si je puis affirmer aujourd'hui que c'est vers la vieille ville que je me dirigeai, c'est uniquement parce qu'à cet endroit s'amorçait la fin prévue par August, la revanche qui suit l'apparente défaite, le dernier sursaut attendu par le public. Car tandis que je marchais, August prenait du champ, me laissant me fondre dans la foule qui, pas à pas, de manière inexplicable, devenait compacte et grossissait. Contre toute logique géographique ou historique, August faisait commencer à cet instant la lutte de l'Estonie pour l'indépendance. Suivait un collage d'images d'archives à faire rougir un peintre cubiste : la foule s'étoffait encore, marchant vers la place de l'Hôtel de ville, où toutes ces personnes rassemblées spontanément entonnaient des chants patriotiques et réclamaient l'autonomie. Puis c'était l'épisode de l'homme à la moto qui osait brandir le drapeau bleu-noir-blanc, et provoquait un délire inattendu, des milliers de petits drapeaux interdits se mettant à éclore dans la foule. Le message d'August était sans équivoque : notre rapport de forces donnait raison à Carlotta, mais l'Histoire, la grande Histoire, lui donnait tort. La situation politique ayant soudain changé, la « guerre du phosphore » se déclencha tout de même, obligeant Moscou à renoncer à ses carrières, qui signifiaient un désastre écologique et l'arrivée massive d'une main-d'œuvre russophone, ce qui, ainsi qu'August me l'avait fait pressentir, aurait eu, à long terme, des conséquences majeures, faisant du russe la première langue officielle et de la communauté autochtone une minorité digne d'un musée ethnographique. Les Historiens furent de tous les meetings importants, devinrent, quelques années plus tard, membres du nouveau Parlement qui voterait l'indépendance de l'Estonie. Quant à Helmut, il dut quitter son poste de directeur, et Carlotta disparut à sa suite. Ainsi se terminait ce conte de fées, où August me livrait en pâture à Carlotta.

Était-ce l'humiliation, le désir de vengeance, ou un sens mystérieux de la vérité qui me poussèrent ce soir-là à retoucher la fin ? Toujours est-il que les choses se passèrent de cette manière. La routine. August, comme d'habitude, était sorti. Je relisais ses épreuves pleines de coquilles, de barbarismes et de ratures, quand un autre récit s'imposa à moi. Je me contente ici de le résumer car vous pourrez le retrouver sans peine dans le *Tänapäev* du 29 septembre.

Retournons dans le quartier d'Egon : les rues absurdes, carrées ou circulaires ; sur les places, au milieu des immeubles de huit étages, quelques enfants russes accrochés aux arceaux, ou accroupis dans les bacs à sable. Plus je m'approche de la rue Hertzen, plus mon pouls s'accélère. J'ai un horrible pressentiment. Était-ce là simple appréhension, peur mythologique de la police secrète, ou bien autre chose, ce don de seconde vue, cette faculté d'anticipation que notre esprit ou nos sens ont quelquefois, dans les situations exceptionnelles ? La foule est rassemblée sous l'immeuble d'Egon. Mes jambes fléchissent et pourtant je m'approche ; je vois déjà ce que mes yeux ne peuvent pourtant que deviner : un corps allongé au milieu du cercle et la flaque de sang, non pas rouge, mais presque noire, épaisse et poisseuse, à l'endroit de la tête. Je sais à qui appartient ce sang. Je saisis le moindre détail, chaque forme penchée au-dessus du corps se mouvant devant moi au ralenti, se découpant parfaitement sur l'horizon des briques, sur l'arrière-fond du ciel et de la chaussée, sur le bleu, le gris, la lumière équivoque du mois de septembre dans ce quartier du bord de mer. La foule ne cesse de s'épaissir, pleine d'une excitation joyeuse. On lance des explications, on crie, on jure, on chuchote, on pleure, on se cache les yeux derrière les mains, on regarde à travers les doigts, tandis que, plusieurs mètres au-dessus du cercle d'hommes, le cercle de mouettes tourne, lui aussi, avec des cris incisifs, le bec tendu vers le festin qui attend. Pourquoi ai-je l'impression aujourd'hui qu'un grand silence entoure cette scène ? Ai-je été aspiré de l'autre côté, ai-je franchi le seuil entrouvert sur la mort où toute chose s'immobilise, devient silencieuse, éternelle, se durcit, se moquant éperdument du souffle, du sang et de la chair ? J'entendis soudain la sirène de l'ambulance. Le mouvement reprit, le bruit recommença. Déjà on dispersait les gens, qui ne pouvaient se résoudre à s'éloigner. Quant à moi, ai-je rêvé en voyant cette silhouette, là-bas, sous le porche de l'immeuble mitoyen, une silhouette que je crus reconnaître, mais que je ne discernai bientôt plus, ce mirage, cette fable, cette invention ? Je quittai la foule massée autour du corps et m'éloignai de la rue Hertzen, conscient d'aucun de mes gestes, percevant seulement le choc métallique de la civière que, derrière moi, on descendait de l'ambulance pour emporter le corps d'Egon.

D'où avais-je tiré cette version des faits ? Peut-être la cohabitation avec August m'en avait-elle appris sur lui davantage qu'il ne l'aurait souhaité. Cette seconde version, August, saoul, lamentable, la déposa au journal, le lendemain, peut-être même chez la concierge car il avait, ce jour-là, tellement mal au crâne qu'il était incapable de prendre l'ascenseur.

Le surlendemain, le 29 septembre, croyant en avoir terminé avec Charlotte, August se leva à 12 h 37, après une nuit passée à boire. Il alla déjeuner, puis rentra à la maison, prenant au passage le journal dans la boîte ; il fit comme d'habitude le tour du bâtiment, ouvrit la porte fermée à clef et, tout en dépliant le journal, se mit à monter l'escalier de la cave, le petit escalier abrupt que la femme de ménage entretenant l'immeuble avait à peine fini de lessiver. Arrivé en haut de l'escalier, alors qu'il venait de trouver le feuilleton, le nez plongé dans le journal, August lâcha la rampe et rata la marche. Son pied droit resta en suspens, cherchant désespérément un appui, sa main se lança à la recherche de la rampe, fit un moulinet en l'air, puis tout le corps se mit à basculer, dessinant d'abord une courbe audacieuse, puis s'écroulant en arrière. Au moment de heurter l'escalier, il se referma en boule, comme un hérisson, puis roula jusqu'au palier, où, devant les portes de la cave, le cou d'August, dans un malheureux mouvement, se déplia contre toute logique, si bien que la tête eut encore le temps de se cogner de toutes ses forces contre la dernière marche.

CHAPITRE 19

Nous en sommes restés à la chute d'August. Spectaculaire, je vous l'accorde, et inattendue. Certains diront invraisemblable, et pourtant elle n'est rien à côté de ce qui va suivre, de ce que je m'apprête à vous raconter, et qui explique la chute d'August, la rupture de l'idylle, mettant un point final aux événements de cet été-là.

Pourquoi cette chute à la lecture du journal ? D'où vient cette réaction exacerbée qui conduit le pied d'August à glisser sur l'escalier puis tout son corps à trébucher, à se laisser entraîner sans résistance ? L'alcool, la dépression n'expliquent pas tout, quoique August fût, depuis son retour à Tallinn, dans un équilibre précaire, fragile, vacillant, chevrotant. La réaction d'August, vous vous en doutez, n'était pas non plus dictée par l'orgueil de l'Auteur, de l'Auteur se sentant bafoué, parce qu'on a réécrit son texte sans l'avertir. Malgré tout, le changement apporté au feuilleton était bien à l'origine de la glissade : August crut à une machination, une affaire de trahison et de vengeance, de bassesse et de veulerie. Il se crut trahi et en même temps démasqué car ce qu'il venait de lire dans le journal, ce qui venait d'être rendu public, c'était ce qu'il cherchait à cacher depuis toujours. Quelqu'un avait révélé le secret. August ne me soupçonnait pas, bien sûr, moi qui n'avais pas d'existence, et qui ne fus jusqu'au bout qu'un avatar qu'il pouvait modeler à son gré. Les soupçons d'August portaient sur Charlotte. Car l'histoire que je venais de raconter n'était rien d'autre qu'une transposition romancée de celle que, quelques semaines auparavant, August lui avait confiée dans le jardin. Voici donc l'histoire d'August, qui n'est plus un secret, la voici telle qu'elle fut racontée à Charlotte à l'extrême limite d'un été caniculaire qui céda bientôt la place à un automne pluvieux, remplacé à son tour par cet hiver glacial qui ne semble, lui, jamais vouloir s'achever.

Décembre 1986. Hausse des prix, crise économique, tickets de rationnement pour le sucre et pour la viande, pour le beurre et pour le lait. À l'arrière-plan, l'hiver marron et gris, la nuit perpétuelle des pays du Nord, sans la consolation de l'éclairage, car on économise l'électricité, les coupures devenant fréquentes, même dans les foyers. Les pères remettent du bois dans le poêle en fonte, on chauffe l'eau dans des casseroles pour le bain des enfants, et les maisons que plus personne ne peut repeindre, car la peinture a disparu depuis longtemps des magasins, s'écaillent, deviennent effrontées et insolentes jusqu'à ce que, y compris de l'intérieur, elles finissent par prendre un aspect sauvage, celui que prend n'importe quelle maison quand l'heure dévolue aux humains est passée et que c'est au tour des choses d'exister pleinement, de grincer, de craquer, de frissonner. Leurs locataires ont tout à coup envie de sortir, besoin de se sauver, de s'échapper. Dans la neige et la boue qui se sont mélangées traînent donc les habitants chassés de leurs maisons, couverts d'un manteau gris de grosse toile rêche, dont dépasse un pantalon trop large ou un pull synthétique de l'« aide humanitaire » arrivant sous forme de vêtements de seconde main envoyés d'Allemagne et de Norvège pour les pauvres cousins baltes, au-delà des mers. Et le pauvre cousin balte, un cabas vide au bras, prend à son tour un air sauvage dans la boue de décembre, tandis qu'il erre à la recherche de quelque chose de comestible, d'un boulanger qui vendrait encore du pain, d'un épicier qui aurait du beurre, de conserves de sardines qu'on ne fabrique plus, de chou aigre, de panure, de n'importe quoi. Dans cette nuit maculée de neige, se trouvent le jeune August et ses amis, eux aussi vêtus de pantalons trop larges, ainsi que de bottes qui ne leur tiennent pas aux pieds. Étudiants plus fauchés que les fauchés. Dans cette nuit se trouve aussi Charlotte, lycéenne fascinée par les étudiants, qui a hâte d'être indépendante, de quitter son foyer, de commencer sa vie. Justement, les étudiants sont dans la capitale, car c'est l'intersemestre, la période du Nouvel an, où l'on remonte à Tallinn pour visiter la famille.

August est revenu de Tartu et se dirige vers une tour de pierre, l'une de ces tours en parpaings des années 1970, déjà délabrée, déjà vieillie, sentant l'eau croupie, l'urine d'homme et de chien, où tout en haut, dans un deux-pièces du huitième étage, habitent Egon, Heino, Oskar et Max. Je ne sais pourquoi August a été invité, August lui non plus ne le sait pas, mais il y va, tout content d'être admis parmi ces jeunes gens, car Max est étudiant de quatrième année à la faculté des sciences polytechniques, et il flotte autour de lui un parfum sulfureux ainsi qu'une tripotée d'amis qu'on ne peut que lui envier. August cache une bouteille de vodka dans sa pelisse, sentant, dans la manche, contre son bras, le contact froid et lisse de la bouteille, tandis qu'il repère l'entrée n° 3, puis entame la montée des escaliers. L'appartement étant plein de fumée, August est pris d'une quinte de toux : au lieu de se présenter, il tousse à s'en décrocher les poumons, et au moment où finalement il se retourne, Oskar, qui lui avait ouvert la porte, est déjà parti, la bouteille à la main. August essaie de trouver sa place ; il s'assoit sur le canapé, se tord le cou pour entendre ce qui s'y dit, mais n'en entend que la moitié car Vyssotsky s'époumone sur le tourne-disque, enroué, étranglé lui aussi par la cigarette, si bien que le disque, à force de tourner et de scintiller comme l'anneau de Saturne, finit par donner le vertige à August, obligé de boire pour retrouver son assise.

August passe maintenant de groupe en groupe, d'abord des filles massées près de la fenêtre, puis des hommes rassemblés dans la cuisine, où la musique ne porte pas aussi fort, mais où l'on s'interrompt à l'entrée d'August, comme s'il s'y partageait un secret venimeux que celui-ci n'avait pas le droit d'entendre. August fait mine de chercher quelqu'un, demandant même au petit groupe si Oskar est là, lui qui sait pertinemment qu'Oskar est dans la chambre, le ventre collé à une jeune blonde, la main glissée dans son pantalon. Il retourne s'asseoir sur le canapé. Il boit de la vodka et du vin de mûres. Et buvant, se sentant exclu, il devine que se trame dans cet appartement une chose interdite, à laquelle il aimerait prendre part. C'est ainsi que vers deux heures, ce matin-là, ou plutôt vers deux heures au cœur de cette nuit, August, qui tient à peine debout, quitte l'appartement et se dirige à tâtons vers le boulevard. Sur sa route tâtonnante se trouve par malheur une cabine téléphonique. August s'y appuie car il a mal au cœur, et vomit dans l'angle de la cabine. C'est là qu'une idée lui vient, d'on ne sait trop où, du dépit, de l'ivresse, ou de souvenirs de soirées estudiantines propices aux plaisanteries idiotes : il glisse un kopeck dans l'appareil et, se faisant passer pour un voisin d'Egon, téléphone à la milice, pour se plaindre du bruit excessif provenant de l'appartement 23. Puis il retourne chez lui, voit peut-être passer la voiture de la milice, mais n'y prête sans doute aucune attention, ayant déjà oublié sa petite plaisanterie.

C'est donc le surlendemain, par les journaux, qu'August apprend ce qu'il vient de provoquer. Nous qui rapportons cette histoire à distance, nous n'avons pas besoin de faire des enquêtes, de dénoncer les mensonges des journaux, d'écarter les demi-vérités, ni même de traquer les exagérations qui se créent d'elles-mêmes dans ce genre d'histoires, à mesure que le bouche-à-oreille les rapporte, les déforme, les amplifie. Résumons simplement les faits.

À deux heures quarante, cette même nuit de décembre, la milice alertée par August sonne à la porte de l'appartement. Du palier, on entend la musique du tourne-disque. Oskar vient ouvrir, saoul et satisfait, ayant obtenu ce qu'il voulait, dans l'un des lits de la petite chambre. C'est là que l'histoire bascule, s'écarte des rails qui lui étaient attribués et se transforme en tragédie, car les jeunes gens qui discutaient dans la cuisine s'affolent lorsqu'ils entendent le soudain silence et qu'on rassemble tout le monde dans l'unique chambre. Ils ont raison de s'affoler car dans la cuisine, dans un tiroir à double fond, sont cachés des papiers compromettants et une dizaine de petits drapeaux bleu-noir-blanc, des petits drapeaux estoniens interdits, bricolés par Max. Celui-ci, convaincu d'avoir été dénoncé, refuse de regagner le salon comme si le fait de rester dans la cuisine pouvait empêcher la milice de trouver ce qu'elle cherchait. Quand les miliciens veulent s'emparer de lui, Max se débat, s'élance dans la petite chambre, court jusqu'au balcon et saute du huitième étage. La plaisanterie d'August se termine mal parce que la bande d'étudiants dans l'appartement n'était pas une bande tout à fait banale, et que ces étudiants un peu spéciaux avaient grandi à l'ombre des récits de leurs parents, dans la lumière des souvenirs de leurs grands-parents, lesquels parlaient de la guerre, des Frères de la forêt, des exécutions à bout portant et des trains expédiés en Sibérie avec à bord des personnes qui ne comprennent pas ce qu'elles font là, leur valise tremblotant sur les genoux, contenant pêle-mêle, parce qu'on a eu si peu de temps, des pull-overs, des draps, la tasse rose de tante Valli. Plus personne ne croyait à ces interventions musclées, mais, au fond d'eux-mêmes, tous y pensaient encore. Les journaux ne parlèrent pas des petits drapeaux, n'évoquèrent rien qui pût créer une réaction en chaîne, ne dirent rien sur l'engagement de Max ou d'Oskar, mais employèrent des termes permettant de condamner les étudiants, comme « agissements antisoviétiques » ou « comportement antisocial ». Un certain nombre d'entre eux furent renvoyés de l'université, devinrent ouvriers spécialisés ou employés des postes. Quant à August, il passa les mois suivants en état de choc, hésitant à aller se dénoncer, et s'attendant à ce qu'on le démasque. Il devint paranoïaque et neurasthénique, s'inventa une pneumonie, qui finit par s'aggraver au point qu'il passa plusieurs semaines à l'hôpital. Quand il put sortir, juillet était là, les cassis déjà bien mûrs, la faculté d'histoire fermée, l'enterrement de Max loin derrière, et l'avenir porteur d'autres événements auxquels August allait participer, qui le mèneraient en fin de compte vers lui-même, vers Charlotte, vers moi et vers Carlotta.

August n'avait pu passer ses examens ; eu égard à ses ennuis de santé, on lui permit de le faire en septembre. Il réussit médiocrement, obtint son diplôme et revint s'installer à Tallinn. C'était déjà l'automne 1987, celui du phosphore et des rassemblements, des premières manifestations importantes, des meetings qui devaient mener vers l'indépendance, et où Eerik s'illustra sur les estrades, tandis qu'August, discret, applaudissait. August prit part à toutes les marches, aux meetings, aux manifestations. Il se trouvait dans les soirées de chant improvisées qui rassemblèrent des milliers de personnes ; il était à la Tour de la télévision, le jour où les chars russes entrèrent dans Tallinn ; il était devant le Parlement, le jour de la contre-manifestation russe tandis qu'Eerik se trouvait dans les salles de l'étage, dans le Parlement encerclé, puis libéré. August fut de ceux qui participèrent à tout, mais ne laissèrent pas de traces dans les journaux, prenant soin de rester dans l'ombre des grands hommes qui, comme Eerik, se faisaient photographier, microphone à la main et poitrine en avant. C'est ainsi qu'Eerik croisa August, le remarqua sans le remarquer ; c'est ainsi que, des années plus tard, toujours coupable, bien que donné pour innocent, August fut mené jusqu'à Charlotte, lui avoua son crime, se dénonça, et fut enfin condamné.

Restent quelques questions en suspens : pourquoi August s'ouvrit-il à Charlotte ? Pourquoi ce jour-là plutôt qu'un autre ? Les êtres humains, les histoires ont leurs saisons comme les bulbes de narcisses et de hyacinthes qui gardent longtemps ramassée, écrasée en eux, la chimie qui produira la fleur. La deuxième question qui nous préoccupe, et qui obséda un certain temps August, est celle de la réaction de Charlotte : sitôt le récit entendu, Charlotte prit un air impénétrable et traita August comme un inconnu, avec des marques d'hostilité, voire de mépris. August ne s'était pas préparé à cela. Il s'était imaginé une scène grandiloquente dans laquelle Charlotte le chassait pour toujours, versait des larmes, mais finissait par lui pardonner, voyant dans l'aveu une ultime preuve d'amour. Pourquoi Charlotte opposa-t-elle ce silence à August, lui refusant toute rémission ? Deux raisons viennent l'expliquer, qui tiennent à l'histoire de Charlotte, une histoire qui ne fut, elle, pas racontée, mais qui s'imbrique parfaitement dans celle d'August comme dans un casse-tête si bien agencé que, jusqu'au dernier moment, on ne peut soupçonner que la pièce doive se trouver là.

Charlotte avait elle aussi son secret, un secret gardé comme un trésor pour l'empêcher de se dévaluer, car Max, l'étudiant en mécanique, qu'August ne connaissait qu'à peine mais que le hasard avait logé pour toujours dans son passé, avait également une place particulière dans le passé par ailleurs sans remous de Charlotte. Charlotte n'avait connu Max que peu de temps, mais ce bref laps de temps, pendant l'hiver 1986, avait suffi pour qu'elle s'éprenne de lui. Cette amourette de lycéenne n'avait duré que quelques mois. Après la mort de Max, Charlotte se complut à s'imaginer qu'elle venait de perdre un grand amour. Cela explique aussi le mariage avec Eerik, grâce auquel elle espérait retrouver cette excitation associée aux actions illégales de Max, mais qui n'est que le propre du premier amour, éternel, fragile, enfantin. Cette histoire vous paraît peut-être tirée par les cheveux, mais c'est la loi du roman-feuilleton, qu'il est inutile de contester. D'ailleurs, la vie d'August elle-même, depuis sa rencontre avec Eerik, en passant par son succès et son amour pour Charlotte, fut peut-être influencée par le feuilleton. Peut-être que toute l'existence d'August, vouée à être des plus ordinaires, ne prit cette voie invraisemblable, celle de l'appel à la police, et de tout ce qui en découle, que pour prédestiner

August au feuilleton, et l'amener à nous créer, Helmut, Carlotta et moi.

August ignorait cette invraisemblable raison. Après s'être laissé aller au mélodrame en invoquant un destin funeste qui le rangeait dans une caste de personnes pour qui le téléphone devait toujours sonner au moment où elles venaient de sortir de chez elles, pour qui les nouvelles arrivaient toujours trop tard, devant qui les chats noirs décidaient de traverser, les échelles de s'abattre, les stalactites de s'écraser, il passa du dépit à la colère, accusant Charlotte de lâcheté et de conformisme. Il n'avait pas tout à fait tort. Charlotte n'était pas prête à partir avec lui, et si elle hésitait encore, son aveu l'en avait dissuadée. Charlotte, en amoureuse qui se respecte, ne voulait pas connaître les faiblesses d'August. Il faut un amour bien mûri, devenu maternel à force d'habitudes, pour qu'une femme accepte les défauts de son amant. L'aveu d'August fut une involution, le retour du papillon dans la chrysalide. Charlotte comprit qu'il ne ferait pas le poids. Il est probable qu'Eerik le savait dès le début et qu'il toléra ainsi le petit flirt champêtre qui lui permettait d'être absent de la maison pour séduire tout ce qu'il voulait de secrétaires, avant que sa femme ne revienne à Tallinn. August rangea Charlotte parmi les femmes frivoles et lui colla l'étiquette « matérialiste », ce qui était à ses yeux l'insulte suprême. À sa décharge, August croyait sincèrement que nous en étions encore à l'époque cartésienne où les sujets pouvaient se dissocier de leurs objets et se prévaloir d'attributs immuables, comme le sexe, l'humanité, le caractère. Mais ces catégories ne valaient plus. Qui ignore aujourd'hui, à part August, qu'à notre époque il n'y a plus d'être sans avoir, que ce sont les objets qui remplissent les êtres, leur donnent du poids et, finalement, les font exister ?

Charlotte, qui avait de l'avance sur August, comprit en cet après-midi de septembre qu'il ne pouvait lui assurer un accès à l'existence aussi solide que celui garanti par Eerik. Cette question va plus loin que le simple confort. L'amour, longtemps boitillant, de Charlotte s'était construit dès le début de cette manière. Elle fut d'abord flattée d'être aimée par August. Pendant quelque temps, son amour hésita, parce que August n'avait ni maison ni voiture, et que Charlotte n'était pas intimement convaincue que le fait de posséder le feuilleton fût un argument suffisant pour le ranger parmi les êtres ayant une vraie identité. Elle dut s'imaginer les piles de journaux, le nombre de colonnes, les litres d'encre, le poids du papier imprimé chaque jour pour estimer suffisante la carrure d'August. Pauvre Charlotte ! Si elle avait quitté Eerik, renoncé à la villa et aux pommiers, à l'appartement au vingtième étage, elle aurait perdu son identité, celle d'une femme comblée, vivant dans l'aisance, possédant des pommiers, une villa, une voiture, des robes coûteuses dormant dans les armoires d'un appartement aux murs de verre. Charlotte sans Eerik aurait été une autre. Qui d'entre nous pourrait se la permettre, cette perte de soi qu'implique une pauvreté soudaine ? Charlotte, qui ne fut pas comprise par son amant, dut malgré tout subir une perte, celle d'August ; elle retourna simplement aux côtés d'Eerik dans l'immeuble aux murs de verre, où l'on ne pouvait pas ouvrir les fenêtres, et où il n'y avait pas un seul escalier, mais seulement des ascenseurs chromés et silencieux.

August se vengea donc sur Carlotta, croyant par là blesser Charlotte, mais à son tour le feuilleton se vengea de lui. Ce midi fatal, August déjeuna dans le restaurant chinois du passage Müürivahe. Dans le *fortune cookie* offert par le patron, il lut comme un avertissement : « Les anciens ennemis sont des amis, les anciens amis sont des ennemis. » August avait bu du vin et du saké ; il était un peu ivre comme d'habitude. Le journal l'attendait. August l'ouvrit en haut des marches, remarqua mes corrections, lâcha la rampe, bascula en arrière, tomba jusqu'au rez-de-chaussée, le petit message chinois au creux de la main. Avant de perdre connaissance, il revit les lanternes en papier rouge qui, pendues à la sortie du restaurant, brillaient comme des pastèques éclatées.

CHAPITRE 20

Nous sommes arrivés, bon gré mal gré, au terme de notre histoire, de cette histoire écrite derrière sept monts et cent rivières, dans un minuscule pays en pointillés, qui disparaît des cartes puis réapparaît, dans l'appartement étroit d'August, dans l'hiver qui ne se terminera jamais, au milieu d'interminables champs jaune paille, de forêts pleines de bêtes sauvages, où les arbres imitent le bruit de la mer. August ne se releva jamais de sa chute. Les voisins, attirés par le bruit, se regroupèrent en cercle autour de son corps, poussèrent des cris, chuchotèrent et se cachèrent les yeux, regardèrent quand même à travers les doigts, et l'un d'eux appela les secours. August fut placé sur la civière qui, en heurtant le carrelage marron du sous-sol, émit un son clair et définitif, l'accord parfait, le mot de la fin. August, néanmoins, se remit peu à peu. Il retrouva l'usage de ses jambes, de ses mains et de ses bras, mais pas de sa tête, ni de sa plume, si bien qu'après quatre mois d'hôpital, on le fit à nouveau monter dans l'ambulance, qui l'emporta à l'hospice.

Voilà pour la mémoire d'August, artificiellement extirpée d'un passé transformé en boutique de souvenirs. August vécut désormais invalide et heureux, car Charlotte venait le visiter en rêve, agitant chaque nuit son mouchoir de dentelle au-dessus du front d'August. L'odeur de pommes mûres et de verveine, l'odeur corsée de sauge et de bourrache se répandaient dans l'hospice et rendaient l'air des dortoirs un peu plus respirable. Et dans la nuit, la sauge, le filet d'urine rencontraient le filet de la soupe aux choux et celui des parfums bon marché des infirmières. August, entouré de ces odeurs, mangeait à jamais de la bouillie de sarrasin (car on ne confie ni fourchettes ni couteaux aux aliénés), rêvait à Charlotte, à la sauge, aux lapins. Ainsi, le feuilleton s'arrêta ; je fus condamné à une vie immobile.

Et Charlotte, Eerik, Carlotta ? Charlotte pardonna à August après avoir appris l'accident dans les journaux. Avec la chute d'August, tout rentrait dans l'ordre, échappait à la médiocrité, devenait tragique, donc délectable. Charlotte continua de vivre avec Eerik, dans l'appartement aux murs de verre où l'on était à la merci des éléments, au milieu de la neige et de la pluie qui, huit mois par an, frappaient aux vitres, enveloppaient la ville de blanc et de gris, drapaient étroitement la vie de Charlotte, sa vie sans éminences ni gouffres, et qu'il fallait accepter avec gratitude, mais qui la laissait insatisfaite. Au milieu des éléments, elle se nourrit du drame d'August, qui lui permit d'exister encore longtemps. Peut-être aussi pardonna-t-elle parce que son époque n'était pas une époque d'éternité, d'amours et de haines qui durent toujours ; Charlotte habitait un temps où l'infini a la durée d'un épisode de feuilleton.

Que peut-on retenir de cette histoire ? Quelques figures, plates et bien découpées, car le roman caricature nécessairement ses personnages, en fait ces poupées de papier multicolores avec lesquelles August, enfant, aspirait à s'amuser, mais qui, d'après ce qu'on lui disait, étaient réservées aux filles. Charlotte et August, dans leur théâtre de carton, voulant jouer à Roméo et Juliette, furent punis d'avoir été anachroniques à une époque où les Roméos sont impossibles, puisque l'amour doit faire fructifier la société, déboucher sur des achats immobiliers, enrichir la joaillerie et l'industrie automobile, ouvrir des livrets et des assurances-vie.

Après le fiasco de sa mission, Carlotta disparut, c'est-à-dire, j'imagine, retourna dans son pays ; elle y monta, comme il se doit, une affaire immobilière ; après l'indépendance de l'Estonie, elle profita comme d'autres de la bulle financière, continua sans doute à porter des robes rouges, des escarpins pointus et des chapeaux de créateurs, s'enrichit en vendant les vieilles pierres de Tallinn, qui à l'heure actuelle, si j'en crois les journaux, sont à 60 % aux mains des Italiens. Quant à Helmut, il disparut, lui aussi, après avoir été inculpé dans une affaire de prostitution à grande échelle.

Qu'ajouter ? Anna fut fidèle à Mart, supporta longtemps encore les humeurs de Charlotte qui ne pouvait pas se passer d'elle. Elle courait les sanatoriums avec Mart, écoutait les médecins qui haussaient les épaules, disaient que s'il était né quelques années plus tard, on aurait eu les moyens, qu'on connaissait les techniques. Mais à cette époque-là, au moment du grand tournant, vous savez bien comme tout allait à vau-l'eau ; bref, on ne devait pas espérer qu'il guérirait totalement. Anna continua donc à supporter Charlotte, ne pouvant se passer de Mart. Car elle avait aussi son drame de poche, sa violence secrète, son petit non-lieu. Anna, qui était faite pour avoir quatre enfants, pour les mettre au monde, les élever, supporter les cris et les bagarres, les petites mains accrochées aux jupes et les nez qui ne cessent de couler, Anna n'en avait aucun tout à fait à elle.

Après tout, Carlotta fit peut-être autre chose, devint à son tour gérante d'hôtel, s'installa à Moscou ou à New York, retourna dans des villes à sa mesure. Peut-être Anna donna-t-elle sa démission et, grâce à une agence matrimoniale, se trouva un mari, par exemple un paysan finnois ventripotent, qui grillait des saucisses, le samedi soir, qui lui fit les quatre enfants qu'elle était en droit d'avoir et dont l'aînée devait s'appeler Alice. Peut-être aussi ai-je inventé cet épisode, la reconversion de Carlotta, l'histoire secrète d'Anna, le pardon de Charlotte ; peut-être que tout cela n'existe pas, pas plus qu'August, que vous, que moi, ou la grosse voisine diabétique qui met ses culottes à sécher dans le jardin. Ce qui est sûr, c'est l'existence de cette chambre, le coton au bord des fenêtres, devenu gris à force d'attirer la poussière, la clématite qui s'est recroquevillée, les pattes de moineaux, fourchues, sur la neige, l'odeur de décembre, s'estompant, celle, fade et tiède, de la cire fondue, des mèches de bougie qui finissent par s'éteindre en dégageant une mince tresse de fumée noire, une vague et inquiète consolation. Comme les soufflets repliés d'un accordéon, toutes les saisons d'August ont trouvé leur place dans cet hiver.

L'appartement est encore inoccupé à cause de la succession complexe (car August n'avait pas d'enfant, mais seulement des cousines de la campagne qui voudraient toutes profiter de la manne et refaire leur vie à la ville en abandonnant mari, vaches et enfants). L'apprenti couvreur traverse la rue, attendant lui aussi d'avoir achevé sa formation pour enfin émigrer à l'Ouest ; on a besoin, là-bas, de main-d'œuvre à bon marché. Les roues du vélo chuintent sur la neige. Il cache son menton dans le col de sa veste, voit au loin les gratte-ciel des villes étrangères ; ne remarque pas la neige, le sable, le sel, la lumière pâlotte derrière les fenêtres, dans les minuscules maisons en bois. Il ne voit que la fiction, l'avenir qui l'attend. Mais, nous les personnages, nous traversons le temps ; nous pouvons prévoir l'avenir et le passé. Rien ne s'efface, tout perdure et prend racine, s'entasse lentement comme dans un vieil appartement.

Tallinn ! Compressés en temps et en espace : la compulsion d'achat, les take-away, les salons de beauté, les coiffures afro, les boîtes de nuit, le pullulement des restaurants, les souvenirs pas chers et l'ambre de la Baltique, les immeubles en verre des temps nouveaux, les immeubles à façade grise des temps anciens, les slogans taillés dans la pierre des usines, du bâtiment gris du comité central et du bâtiment rose du Parlement, les slogans des panneaux publicitaires, la cafetière géante peinte à l'arrière du cinéma, les cinémas anciens, les cinémas nouveaux, les gargouilles qui, sous les gouttières, se pourlèchent les babines en ronronnant comme des moteurs. Laissons donc l'apprenti couvreur s'éloigner, les yeux pleins de châteaux et de tours imaginaires, pas encore bâties, bâties depuis toujours, et refermons le rideau. Les escaliers grincent dans les petites maisons de bois, les gratte-ciel grelottent dans la neige, les volets claquent, les grues pirouettent sur leur jambe de fer ; on accorde les aiguilles des réveils et des beffrois.

Composition : Interligne.
Achevé d'imprimé
par CPI Firmin-Didot
à Mesnil-sur-l'Estrée, en mai 2010
Dépôt légal : mai 2010
Numéro d'imprimeur : 100267

ISBN 978-2-07-012968-3/Imprimé en France

175700